ポケット連句

牛木辰男

目次

第一章　連句の基礎知識……………………1
1　連句とは　2
2　連句の基本構造　4
3　連句の形式　6
懐紙式（歌仙、源心、短歌行、二十韻、半歌仙、裏白、表合せ）　6
参考1　百韻　10　参考2　歳旦三つ物　11
懐紙式にとらわれない新しい形式（胡蝶、ソネット、居待、十二調、非懐紙）　12
4　連句の実例　14
歌仙　14　短歌行　18　二十韻　20
コラム　連句と連歌　22
第二章　連句の実際……………………23
1　準備　24

(1) 事前に準備するもの 24　(2) 連衆を集める 25
(2) 連句の形式を決める 25　(4) 句を付ける順番を決める 25
(5) 捌き手と衆議判 26

2 発句・脇・第三の作り方 28
(1) 発句 28
コラム 挨拶としての発句 30
(2) 脇 32
参考 脇五体 35
(3) 第三 36

3 表（おもて）の句の作り方 40
(1) 四句目 40　(2) 歌仙の五句目と六句目 42
(3) 初折の表に嫌うもの 43

4 挙句の作り方 44

5 季の句と季語 46
(1) 季語 46　(2) 季の句を続ける時の約束 48
季移り 49

6 月の句（月の座） 50

7　花の句（花の座）　56
正花と非正花　57　花前の句　58
8　恋の句　60
9　その他、一巻の中で詠みこみたいもの（素材）　64
コラム　発句と平句と第三の違い　66

第三章　付け方の基本……………………69
・付け方を考える四つのポイント　70
1　それぞれの句の独立性　71
2　隣の句との関係（付合）　74
コラム　付合三変　75
(1)　物付・心付・余情付　76
①物付　76　②心付　77　③余情付　80
参考①　付合・付心・付所・付味　83
参考②　七名八体　84
(2)　執中の法　86

3　三句目の展開（三句の渡り）　88
⑴　観音開き　89
人情自他場について　91
⑵　三句以上に渡る展開（差合と去嫌）　95
4　全体の流れ（序破急）　96
コラム　三句の渡り―変化する心・戻らない心―　98
第四章　式目……………………101
1　句数と去嫌　102
2　その他の式目　105
参考　式目歌　106
コラム　連句と式目―輪廻を避ける知恵―　108
第五章　連句実作　二十韻「どっぺり坂」の巻……………111
第六章　芭蕉の言葉……………………123

付録一　季語一覧……137
春　138　夏　149　秋　164　冬　176　新年　187
付録二　素材とことば……191
暦　192　時候　193
降り物1（雨）　196　降り物2（雪 霰 霙 雹 霜 露）　197
そびき物（雲 霞 朧 霧 陽炎 虹）　198
その他の天象（風 雷 月 星 季節の日和）　199
地理（山 野 田 畑 土 水 川 海 湖 滝）　202
宗教（神祇 神事 祭り 仏教 キリスト教）　204
行事（春の行事、夏の行事、秋の行事、冬の行事、新年の行事）　208
農業（稲作、麦作、畑作、茶作、養蚕）　210
漁業・釣り（海の漁業・釣り、川の漁業・釣り）　212
居住（春の住居、夏の住居、秋の住居、冬の住居、新年の住居）　213
衣類（春の衣類、夏の衣類、秋の衣類、冬の衣類、新年の衣類）　216
食べ物（飯類、麺類、汁物、鍋物、魚介料理、肉料理、豆腐・卵料理、野菜と野菜料理、海草、漬物）　220
飲み物・酒　226

月　229
正花と非正花　230
付録三　季題配置表……231
歌仙季題配置表　232
短歌行季題配置表　234
二十韻季題配置表　236
付録四　用紙・チェック表……239
歌仙　240
短歌行　242
二十韻　244
あとがき……247
おもな参考書・関連書　251
索引　254

第一章　連句の基礎知識

1　連句とは

連句とは長句と短句を交互に何句かつなげたものです。
長句《ちょうく》　**（五・七・五の句）**
短句《たんく》　**（七・七の句）**
古くは「俳諧の連歌」とか「俳諧」と呼ばれていました。

連句は一人で行うこともできますが、ふつうは複数の人間で順に句をつなげていきます。この仲間のことを**連衆**（れんじゅう）といいます。また、前の句に次の句をつなげることを「**付ける**」または「**付け合う**」といいます。

まず誰かが最初に長句を出し、それに別の人が短句を付け、さらに次の人が長句を付けるというように、長句と短句を交互に続けます。

最初の長句→短句→長句→短句→長句→・・・・

その際、**前句から連想される世界を一定のルールに従って付けます。**普通は複数の句をつなげていくので、

1. それぞれの句の独立したおもしろさ
2. 隣の句との関係のおもしろさ
3. 三句目の展開のおもしろさ
4. 全体の流れのおもしろさ

などに気をくばります（七十頁）。

連句の付け合いは、連衆が集まり即興的に行うのが基本です。その集まりを、**座**（ざ）といい、連衆が連句一巻を仕上げることを「**連句を巻く**」といいます。また、連衆が座において連句を巻くことを**興行**（こうぎょう）と呼びます。

もちろん、メールや手紙で行ってもかまいません。このような巻き方を、**文音**（ぶんいん）といいます。

連句は連歌から派生し、江戸時代にもっとも発達した庶民の文芸でした。特に、芭蕉は連句（当時は「**俳諧の連歌**」といわれました）に大変な情熱を注ぎ、現在の連句の基礎を作りました。**俳句**は連句の最初の長句（発句）が独立したものです。また、**川柳**は連句の中の長句が独立していったものともいえます。

2　連句の基本構造

・連句は、句数や構成の違いにより、さまざまな形式があります。たとえば、

百韻（ひゃくいん）百句からなるもの。もっとも古い形式。

歌仙（かせん）　三十六句からなるもの。芭蕉の時代以来もっとも一般的。

などです。

現在では、歌仙のほかに、**短歌行**（二十四句）、**二十韻**（二十句）、**半歌仙**（十八句）など、さらに短い形式もよく用いられます。（六頁）

・どの形式においても、各句を次のように呼びます。

発句　ほっく　一句目（最初の長句）のこと（二八頁）
脇　わき　二句目のこと（三二頁）
第三　だいさん　三句目のこと（三六頁）
平句　ひらく　四句目以降、挙句以外の句
挙句　あげく　最後の句（四四頁）

なお発句以外の句は、かならず前の句（**前句**）に付けるので、**付句**（つけく）と呼

ぶこともできます。つまり連句は「**発句と付句**」からできています。

・連句の中の句（発句と付句）は季語を持った句と持たない句からなります。

季の句（きのく）　季語を持った句（四六頁）
雑の句（ぞうのく）　季語を持たない句

・連句では、「花の句」と「月の句」を、決まった場所で決まった数だけ詠みます。

花の句（はなのく）　桜のもつ華やかさをイメージして、「花」という文字を入れて詠んだ句（五六頁）。その句を詠む位置が「**花の座**」
月の句（つきのく）　月を詠んだ句（五〇頁）。その句を詠む位置が「**月の座**」

・このほかに、**恋の句**（六〇頁）を詠みこみます。つまり、

月・花・恋は連句一巻のハイライト

です。また、一巻の変化を付ける意味で、神仏の句、時事の句等、森羅万象のことを詠み込みます。その点で、連句は「世態人情風交詩」です。

・連句におけるルールを**式目**（しきもく）といいます（一〇一頁）。

3　連句の形式

・もともと連句は巻き終えた後に何枚かの懐紙（かいし）に清書をして仕上げました。このような形式を**懐紙式**と言います。このほか現代では、懐紙式よりはもっと自由な形式もあります。

懐紙式（かいししき）

懐紙に清書する際の句の分け方（句割り）により、全体をいくつかのグループに分けます。また、それぞれの形式には、月の句と花の句の数が決められており、詠む場所もおおよそ決められています。

歌仙　かせん（二折　三十六句　二花三月）

初折	表	六句	（五句目に月）
	裏	十二句	（八句目に月、十一句目に花）
名残の折	表	十二句	（十一句目に月）
	裏	六句	（五句目に花）

歌仙の三十六句は、正式には二枚の懐紙をそれぞれ二つ折りにして、その表と裏に書きました。一枚目の懐紙は初折（しょおり）、二枚目は名残の折（なごりのおり）と呼びます。このうち初折の表に六句、裏に十二句、名残の折の表に十二句、裏に六句書いて仕上げます。この習慣から、三十六句を四つのグループに分けます。

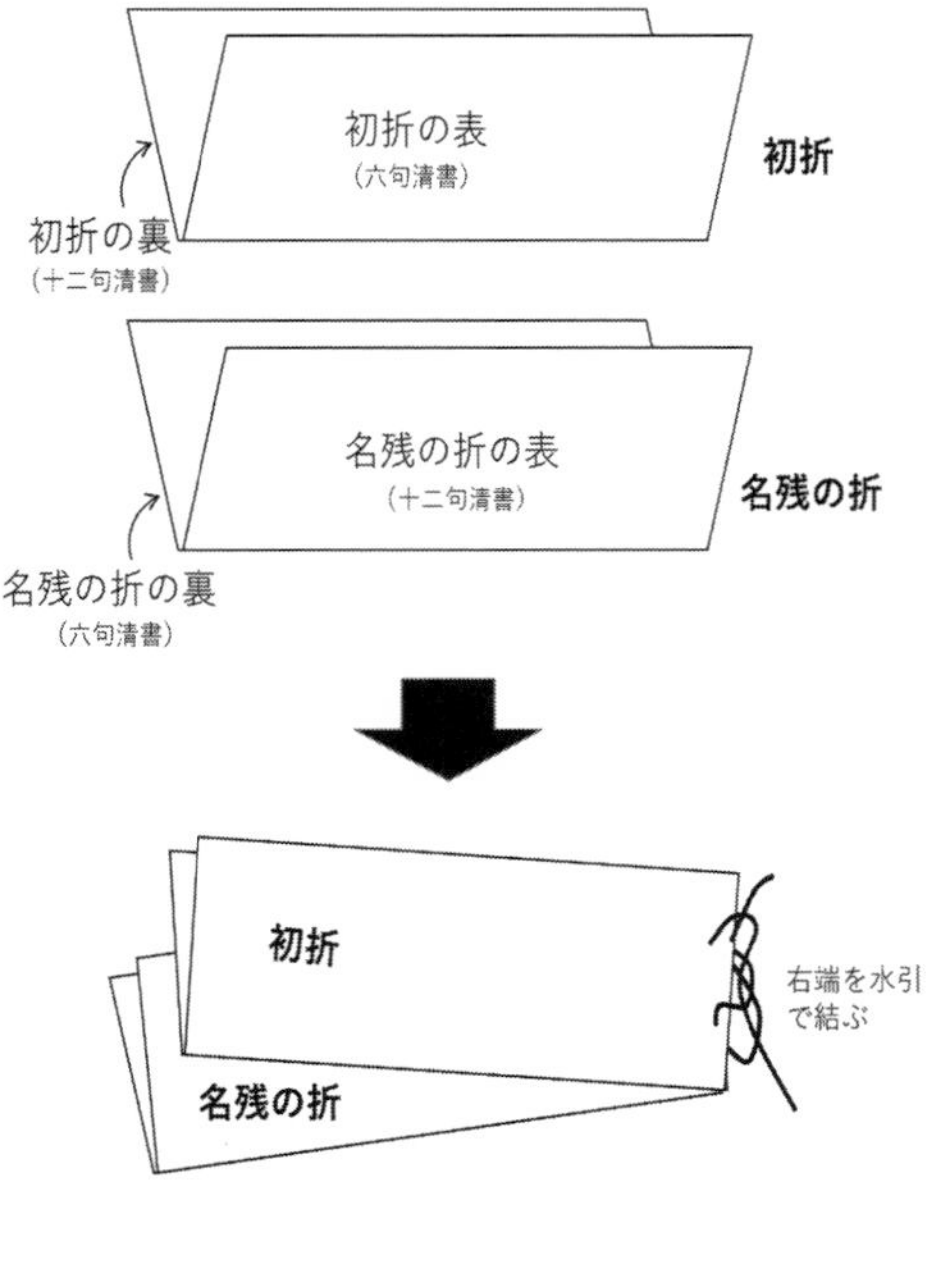

歌仙を巻くには、熟練の人でも四時間、普通であれば六〜八時間ほどを要します。したがって、現代の忙しない生活の中では、もっと短い形式も有用です。歌仙より短いものとして、古くから二十八宿、短歌行、半歌仙、表合せ、三つ物など、多様な形式が知られており、また少し新しいものとして源心、二十韻があります。ここでは、実用的な形式をいくつか紹介します。

源心 げんしん（二折　二十八句　二花二月）　東明雅の創案

初折　表　四句
　　　裏　十句（一句目に月、九句目に花）
名残の折　表　十句（九句目に月）
　　　　　裏　四句（三句目に花）

短歌行 たんかこう（二折　二十四句　二花二月）

初折　表　四句
　　　裏　八句（一句目に月、七句目に花）
名残の折　表　八句（七句目に月）
　　　　　裏　四句（三句目に花）

二十韻（二折　二十句　一花二月）東明雅の創案

初折　表　四句
　　　裏　六句（一句目に月）

名残の折　表　六句（五句目に月）
　　　　　裏　四句（三句目に花）

半歌仙（一折　十八句　一花二月）歌仙の初折のみの形式

表六句（五句目に月）

裏十二句（八句目に月、十一句目に花）

裏白（うらじろ）　一折　六句ないし八句　歌仙または百韻の初折の表だけのもの。表六句または表八句。

表合せ（おもてあわせ）八句　百韻の表八句のみの形式という点では、裏白の表八句と同じですが、表に嫌う神祇・釈教などの題材もとり取り入れたもの。

（参考１）

百韻　ひゃくいん（**四折　百句　四花七月**）　懐紙四枚の裏表八面に決められた句割で清書をします。その一枚目を初折、二枚目を二の折、三枚目を三の折、最後を名残の折と呼ぶので、以下のような構成となります。

初折　　表　八句　（七句目に月）
**　　　　裏　十四句（九句目に月、十三句目に花）**
二の折　表　十四句（十三句目に月）
**　　　　裏　十四句（九句目に月、十三句目に花）**
三の折　表　十四句（十三句目に月）
**　　　　裏　十四句（九句目に月、十三句目に花）**
名残の折表　十四句（十三句目に月）
**　　　　裏　八句　（七句目に花）**

百韻は連歌の時代から用いられてきた古い正式な形式ですが、一巻を巻きあげるのに最低二日はかかることになります。その点で、芭蕉の時代からは三十六句で済む歌仙が好まれるようになりました。百韻の四枚の懐紙のうち、中二枚をただ抜いた形式は**世吉**（よよし）という四十四句の形式になります。それをさらに少し短くしたものが歌仙です。

（参考２）

歳旦三つ物（さいたんみつもの）　**三句**　歳旦（元旦のこと）を祝う意で、発句、脇、第三の三句を詠むものです。かつて、歳旦の祝詞として詠む習わしがあり、正月に宗匠の宅に集まって三つ物を作り披露しました。これを「歳旦開き」といい、その日の歳旦三つ物や発句を集めて刷った句帳を歳旦帳と呼びました。今の歳旦三つ物は一人で作り披露することも多いようです。

歳旦三つ物は以下に注意して作ります（『猫蓑通信』第七十号　東　明雅による）。

① 発句・脇・第三の形式（二八頁）はそのまま守ること。
② 三句の中に　より広い世界を表現するために、表六句の禁忌は解除し、神祇、釈教、恋、地名、人名なども積極的に取り入れてもよい。
③ 新春を祝うめでたい気分であること。述懐、無常などの意は避けること。
④ 発句と脇は新年、第三は他季（春が最も適当）か雑にすること。なお、発句は新年と言ってもあくまでも元旦であり、二日はすでに歳旦でないことに注意する。

例　雪国に日差しやわらか千代の春　新年
　　祝いの酒が誘う初夢　新年
　草青む羊の群れに遊ぶらん　初春

懐紙式にとらわれない新しい形式

懐紙式にとらわれない新しい形式としては以下のようなものがあります。

胡蝶（こちょう）　**二十四句　一花二月**

懐紙式の形式を残しながら三部形式にしたもの。林空花の創案。

表六句　（五句目に月）
中十二句　（十一句目に月）
裏六句　（五句目に花）

（近松寿子編『連句をさぐる』創樹社による）

ソネット　十四句　一花一月

十四行詩（ソネット）の行数を利用したもの。珍田弥一郎の創案。

---

① 十四行を四・四・三・三の四章に分ける。
② 各章にそれぞれ一つの季を入れる。
③ 一月一花とし、前半二章・後半二章にくみ込む。
④ 発句・脇・第三・挙句については、発句が当季で始まる制約以外は自由。
⑤ 恋の気分の転換をはかるために、適宜叙景句をはさむ。

（山地春眠子『現代連句入門』沖積社による）

居待（いまち）　十八句　一花一月

十二調（じゅうにちょう）　十二句　一花一月

発句・脇・第三のほかは懐紙の制約は一切なし。岡本春人の創案。

十二句のうち、季の句が半分、雑が半分。情の句が半分、場の句（九一頁）が半分程度の兼ね合いと考えて、「自然界の代表として月・花を季にこだわらず、それぞれ一句」、「人事の代表として恋二句ほど出す」のを最低限のルールとしています。

（岡本春人『連句のこころ』富士見書房による）

非懐紙（ひかいし）

式目や折にこだわらず、長さも自由（だいたい十八〜二十四句）にして、連句一巻を一枚の絵巻物としてとらえた形式。橋閒石創案。

非懐紙形式では、「折」がないので、表も裏もなく、したがって月花の定座もありません。花が欲しいと思うところで花を出してよいし、花は桜にこだわりません。発句に対する脇は挨拶ですから同季ですが、第三の用言止めにはこだわりません。季の句も春夏秋冬いずれも一〜三句程度と考え、ルール（式目）よりは連衆の詩的感性にゆだねられているのが特徴です。

（近松寿子編『連句をさぐる』創樹社による）

4　連句の実例

ここでは、歌仙、短歌行、二十韻の実例を紹介します。

歌仙　（二折　三十六句　二花三月）

雪国に　　　　　　東　明雅　捌

初折の表

発句　雪国にえにし嬉しき一座かな　明雅　（晩冬）
脇　障子明かりのやはらかき卓　辰男　（三冬）
第三　家めぐる築地の上を鳥飛びて　浩一　（雑）
四句目　ボーイスカウト響く歌声　陽子　（雑）
五句目　乾杯のグラスに透かす小望月　義房　（仲秋・月）
六句目　二百号の絵　日展に出し　郁子　（晩秋）

初折の裏（ウラ）

一句目（追立）　秋耕の土間にちらばる鍬と鎌　男（三秋）

二句目　喋々喃々フィリッピン語で　雅（雑）

三句目　抱きあふ異国の神に香を焚き　陽（雑）恋

四句目　踏まれて想ひ募る泣き砂　一（雑）恋

五句目　獅子《シーサー》の島には牛車のっそりと　郁（雑）

六句目　目処も立たぬに不況長びく　房（雑）

七句目　宵毎に点ててわが飲む夏茶碗　雅（三夏）

八句目　庭のステテコ月に照らされ　男（三夏・月）

九句目　本職は縊死と溺死の専門家　一（雑）

十句目　春の暖炉にしばしまどろむ　陽（三春）

十一句目　初花の届く便りに腰上げて　房（仲春・花）

十二句目（折端）　釣れぬ釣竿並ぶのどけさ　郁（三春）

名残の表（名オ）

一句目（折立）青空をふたつに截って飛行雲　男（雑）
二句目　アルプス眺め噛るピザパイ　雅（雑）
三句目　唐揚げの茶翅ゴキブリ山に盛り　陽（三夏）
四句目　快気祝に鼻歌も出て　一（雑）
五句目　運命の升田八段二六銀　郁（雑）
六句目　座敷童子はじっと見てゐる　房（雑）
七句目　角巻ににっと微笑む魔女の影　雅（三冬）
八句目　キオスクで買ふ「かりそめの恋」　男（雑）恋
九句目　岡惚れの宿の仲居はつんけんと　一（雑）恋
十句目　露天風呂から錦繍の秋　房（晩秋）
十一句目　月澄みて淡き愁の阿修羅像　陽（三秋・月）
十二句目　傘寿と喜寿の旅ぞ身に入む　郁（三秋）

名残の裏（名ウラ）

一句目（追立）時差呆けと戦ひながら夢現　房（雑）

二句目　ゴンと言ふなりサッカーの鬼　雅（雑）

三句目　きらきらと瞳輝くサポーター　陽（雑）

四句目　卒業式にこみ上げる胸　一（仲春）

五句目　花の下　大志の系譜感じつつ　男（晩春・花）

挙句　初虹の立つ広き草原　郁（晩春）

短歌行（二折　二十四句　二花二月）

夏の宵　牛木辰男　捌

初折の表

発句　待ち合わす店は下町夏の宵　美智子　（三夏）

脇　新樹の色も深み増す頃　辰男　（初夏）

第三　愛犬家 餌のグレードアップして　恵美子　（雑）

四句目　歌口ずさみ回す丸椅子　宏平　（雑）

初折の裏（ウラ）

一句目（追立）いつか見た四条河原の赤き月　美　（三秋・月）

二句目　路地のあちこち揺れる迎え火　男　（初秋）

三句目　恋人と手を握り合う別れ蚊帳　平　（初秋）恋

四句目　イケメンの彼ミニスカが好き　恵　（雑）恋

五句目　鞄からすぐに出てくる電子辞書　男　（雑）

六句目　仕事に追われ西へ東へ　美　（雑）

七句目　山間に美人女将の花の宿　恵　（晩春・花）

八句目（折端）　囀りのなか酌み交わす酒　平（三春）

名残の表（名オ）

一句目（折立）幻の蝶に魅せられ十余年　男（三春）

二句目　自転車の旅ずぶぬれになり　美（雑）

三句目　トロントでＳＡＲＳウイルス拡大す　平（雑）

四句目　デマも事実もないまぜのまま　恵（雑）

五句目　物音に雪女かと目を覚まし　美（晩冬・月）

六句目　寒月を背に角を出す妻　男（三冬）恋

七句目　香水はシャネルの五番今もまだ　恵（三夏）恋

八句目　蒸気機関車　煙ふかして　平（雑）

名残の裏（名ウラ）

一句目（追立）どこまでも工場続く干拓地　男（雑）

二句目　夢見心地に丘のベンチで　美（雑）

三句目　若者の希望膨らむ花の下　平（晩春・花）

挙句　春の社を吹き抜ける風　恵（三春）

二十韻（二折　二十句　一花二月）

新しき傘　三吟

初折の表

発句　新しき傘を広げん春の雨　陽子（三春）

脇　柳そろそろ芽吹く堀跡　辰男（仲春）

第三　雀の子 窓の餌場に集いきて　宏平（晩春）

四句目　ルルルルルンと続く鼻歌　子（雑）

初折の裏（ウラ）

一句目（追立）銭湯を出れば月影涼しげに　男（三夏・月）

二句目　恋の絵巻を飾る山笠　魚（晩夏）恋

三句目　若き日のことを封じた秘密箱　子（雑）恋

四句目　薄く手首に古傷があり　男（雑）

五句目　教会の奉仕活動誘い合い　魚（雑）

六句目（折端）屋根の高さを超えた糸杉　子（雑）

名残の表（名オ）

一句目（折立）野兎は罠を賢く掻い潜る　魚（三冬）

二句目　北の脅威の寒さいや増し　男（三冬）

三句目　発言も実行もする異星人　子（雑）

四句目　跳ねる踊りに紅の濃き君　魚（初秋）恋

五句目　前世でも食べた気がする毒茸　男（三秋）恋離れ

六句目　ハローハローと月の暈指す　子（三秋・月）

名残の裏（名ウラ）

一句目（追立）倫敦《ロンドン》の漱石先生自転車で　男（雑）

二句目　公園の隅　鞦韆は揺れ　子（三春）

三句目　酌み交わす升に落花の二三片　魚（晩春・花）

挙句　年金暮らし長閑なる午後　男（三春）

連句と連歌

「連句」という呼び方は、高浜虚子が「俳諧の連歌」に対して作った言葉です。これは、正岡子規が「俳諧の発句」を「俳句」と呼んで普及させたことから、それまで「俳諧の連歌」のことを指していた「俳諧」という言葉が、むしろ俳句をさすようになってしまい、混乱を避ける意味で、「俳諧の連歌」を「連句」と呼んで区別したわけです。

ところで、「連句」と「連歌」はどこが違うのでしょうか。もともと連歌は和歌の余興としてはじまりましたが、しだいに整備され、十四世紀には、公家だけでなく武家の嗜みとされる文学になりました。「連歌師」も登場しました。これが、江戸時代に入ってから、松永貞徳や西山宗因らの活躍で庶民文芸「俳諧の連歌」に分かれ、さらに松尾芭蕉により、完成度が高められて今につながる「連句」が確立しました。

このように、連句は連歌から派生したので、連句の形式や式目はつねに連歌のものを用いてきました。では、何が違うかというと、連句には庶民性と諧謔の精神があることです。「俳諧」という言葉は、まさに「滑稽と諧謔」のことを表すものだからです。

具体的には、本来の連歌では和語（雅語）を用い「俳言」を用いません。逆に連句では、この俳言を大切にします。つまり、「俳言」というのは、和語以外の言葉の総称で、俗語や漢語、仏教語、現代ではさらにカタカナ語や英語もこれに含まれます。こうした言葉を使うことで、生活感のある生き生きとした私たちの世界を詠もうとするのが連句です。

第二章　連句の実際

1　準備

(1)　事前に用意するもの

筆記用具（紙と鉛筆、消しゴム）

付句を記録するための用紙やノート（付録のチェック表を参照、二三九頁）と、メモを取るため紙があると便利です。

小短冊　コピー用紙などを二センチ×十センチ程度の大きさに切った紙片。一座で連句を巻く場合、付句を書いて提出するために使います。

歳時記・季語辞典　季語を分類して解説や例句を示した書。

連句・俳句季語辞典「十七季」（東明雅・丹下博之・佛渕健吾、三省堂）が、連句のための季語辞典とルールブックとして有用です。歳時記では、

「季寄せ」（山本健吉編、文藝春秋）

「NHK出版　季寄せ」（平井照敏、NHK出版）

など、春夏秋冬のそれぞれの季語に初・仲・晩の区別があるものが便利です。

歳時記（季語辞典）によって、季語の扱い方が異なることがあるので、実作の場では一座での季の確認が必要です。その他、国語辞典・漢和辞典・類語辞典・植物辞典・動物辞典・百科事典なども役立ちます。電子辞書やアプリの辞書も便利です。

---

(2) **連衆を集める**

連衆の人数により、**独吟**（一人の連句）、**両吟**（二人の連句）、**三吟**（三人の連句）、**四吟**（四人の連句）などと言います。連衆は何人でもかまいませんが、連句に変化を持たせるためには、最低二人、できれば三人以上が理想的です。

(3) **連句の形式を決める**（六頁）

どの形式にするかを決めます。現代の時間の感覚からすると、歌仙ないし、それより短いものが好まれる傾向にあります。

メンバーにもよりますが、一巻を巻き上げるのに要する時間は、二十韻では二〜四時間、歌仙で四〜八時間ぐらいと予想されます。（一句を五分で付けたとしても、二十韻なら百分、すなわち一時間四十分かかることになります。その点で、興行時間から逆算して、当日の形式を決めるのが現実的です。

---

(4) **句を付ける順を決める**

複数の連衆により興行する場合に付け順は、一般的には**出勝**と**膝送り**という二つの方法のどちらかにします。

・出勝（でがち）

決まった順番を作らずに、一句ごとに皆で同時に考え、その中から適当と思われるものを選んで付けていくという方式です。したがって多く選ばれる人と、選ばれない人の偏りが出かねません。そこで、一句も選ばれない人がでないように、最初に連衆全員が一巡するように調整するのが一般的です。

膝送り（ひざおくり）

最初に一定の順番を決めて進めていく方式です。ただし、ある連衆が短句ばかり、または長句ばかりを詠むような順番にならないように注意します。古くから使われてきた一般的な工夫は次のようなものです。

両吟の場合	A・BとB・Aの繰り返しか、折ごとに順を変えます。
三吟の場合	A・B・Cを繰り返して付けていきます。
四吟の場合	A・B・C・DとB・A・D・Cを交互に繰り返します。

膝送りでも、後に述べる花の座などで不都合が生じる場合、適宜順番を変えます。また、かなり自由に順番を変えてもかまいません。

⑸　捌き手と衆議判

付句の選び方には「捌き手」による裁定と「衆議判」があります。

捌き手（さばきて）

実作において、指導者的な役割を担う人を「捌き手」といいます。捌き手は、一巻全体の構成を考えながら、連衆の作った一句一句を吟味・添削し、ある時は連衆を鼓舞し、あるいはなだめて、調和のとれた連句に仕上がるようにします。事実上の指導者がいる場合は、その人が捌き手になりますが、最初に連衆の中から「捌き手」を選んでも構いません。

衆議判（しゅうぎはん）

どの付句を選ぶかを、みんなで相談し合って進めていく方法を衆議判といいます。

古くは連句興行には**宗匠**と**執筆**という人がいました。

・**宗匠**（そうしょう）　連句の指導者を「宗匠」といいました。宗匠は、師である宗匠に認められたものが、秘伝書と文台をもらいうけ、「立机式（りっきしき）」を経てその資格をえることができました。いわゆる免許皆伝です。

・**執筆**（しゅひつ）　宗匠が選んだ連衆の句を書き留める書記の役ですが、付句がルールに反していないか等の細かいことに注意を払う宗匠の補佐役、あるいは番頭役です。

2　発句・脇・第三の作り方

連句のどの形式においても、最初の三句、すなわち「発句」、「脇」、「第三」は重要です。ここでは、その三句の基本的な作り方を述べます。

(1)　発句

連句で最初に詠む句です。

- **五・七・五の長句**です。
- 連句を始めるに当たってての**挨拶の気持ち**をこめてつくります。
- それだけ読んでも**完結した意味と雰囲気**があるようにします。
- お客がいるときはそのお客に詠んでもらうのが礼儀です。（**客発句**）

具体的には、

- **時候にあった季語**が必要です。（その季節にあった挨拶）
- **内容はその日・その時・その場に即したもの**が基本です。（挨拶の気持ち）
- ふつうは**切字**をどこかに使います。（完結性を高めるため）

「かな」「けり」「もがな」「し」「ぞ」「か」「や」「ぬ」「じ」などが切字です。

＊しかし切れ字を使わなくても内容が完結する場合はあえて使う必要はありません。

発句の例

春　雲雀より空にやすらふ峠哉
冴え返る夜の靴音響きけり
雪残る友の新居の一座かな
一番堀通り色濃きチューリップ

夏　夏の夜や崩れて明し冷し物
花槐揺れてますます海淡し
磐梯は田植え時なり雨の日に
石段の上に見え来る茅の輪かな

秋　薄見つ萩やなからん此辺り
集い来し道にそれぞれ涼あらた
大木の枝葉撓みし野分かな
怨霊の血にも思えし蔦紅葉

季語

芭蕉（三春）雲雀（ひばり）
水魚（初春）冴え返る
義房（仲春）雪残る（残雪）
玲奈（晩春）チューリップ
芭蕉（三夏）夏の夜
越女（初夏）花槐（はなえんじゅ）
辰男（仲夏）田植え
宏平（晩夏）茅の輪（ちのわ）
芭蕉（三秋）薄（すすき）
辰男（初秋）涼あらた
水魚（仲秋）野分（のわき）
陽子（晩秋）蔦紅葉（つたもみじ）

冬　炭売りのをのがつまこそ黒からめ　重五（三冬）炭売（すみうり）
旅人と我名よばれん初時雨　芭蕉（初冬）初時雨（はつしぐれ）
社会鍋暮れゆく街に置かれけり　英二（仲冬）社会鍋
雪国にえにし嬉しき一座かな　明雅（晩冬）雪国

新年　歳旦をしたり顔なる俳諧師　蕪村（新年）歳旦（さいたん）
正月の子どもに成て見たき哉　一茶（新年）正月
初旅や揃いし顔の懐かしき　辰男（新年）初旅（はつたび）

発句は普通の俳句とだいたい同じですが、欲張ってすべてを言い尽くしたりしないで、次が付けやすいように、できれば少し余白を残すようにします。

挨拶としての発句

発句は、連句を巻き始める際の「顔合わせ」の挨拶の句です。この挨拶の気持ちは、発句には絶対欠かせません。発句に時候にあった季語が必要なのも、その場に即した句が好まれるのも、すべてこの挨拶の気持ちを表すための道具立てということができます。

ところで、芭蕉が山形・大石田の高野一栄宅で興行した連句の発句に、

さみだれをあつめて涼し最上川

というものがあります。この句は、芭蕉の『奥の細道』の中にある、

さみだれをあつめて早し最上川

の原形として知られており、一般的には、「涼し」を「早し」と推敲することで、梅雨の増水の激しさが増したことが評価されることが多いようです。しかし、この二句を比べてみる場合、発句として詠まれた句が、俳文の『奥の細道』において、独立した句（今の俳句のようなもの）に転用された理由を考える必要があります。

「涼し」と詠んだ最初の句は、旅の途中の山形で歓待され、そこで連句（歌仙）の発句として詠まれたものです。連句の興行は一栄の裏座敷で行われましたが、そこからはおそらく増水した最上川の流れが一望できたのではないかと思います。そうであれば、当然、発句には、「蒸し暑い梅雨の最中に、最上川の流れが一望できる涼しげな屋敷にお招きいただきありがとうございます」という挨拶と御礼の気持ちが含まれなくてはなりません。そこで芭蕉が詠んだのが「涼し」の句なのでした。

これを「早し」と詠んだならば、挨拶の気持ちは薄れてしまいます。一方で、俳文『奥の細道』では、最上川を舟で下る場面の臨場感を出すために差し込んだ句ですから、「涼し」では雰囲気がでません。舟に自分が乗り込んだイメージとして、「早し」としたわけです。

⑵ 脇

発句に続く連句の二句目です。連句一巻で、ここから「付け」が始まります。

- **七・七の短句**です。
- 発句の挨拶に対する**応対の句**です。
- 発句を客人が詠んだ時は、招待をした主人が応対の挨拶として脇を詠みます。これを**客発句・脇亭主**といいます。

具体的には、

- **発句と同じ季節・時間・場所**で答えます。（出会いの挨拶の気持ち）したがって季語が必要です。また、発句の季語が三春・三夏・三秋・三冬だった場合は、できるだけ季（初・仲・晩）を定めます。
- **体言留め**（韻字留め）が一般的です。

＊韻字とは名詞など漢字で表記できるものをさします。

発句は立木の如し、脇は枝の如し

発句は余情を持たせて詠みますから、脇はそれに対して具体的な輪郭を与えるような気持ちで付けます。また、脇は発句を立てるための句ですから、**奇をてらった付けは禁物**です。**発句の言い残した部分を見つけるのがポイントです。**

「其場」「其人」「其時」の付けが基本

発句の言い残した部分を捜します。たとえば、発句の場所が曖昧なら、それに関連したものを付ける。発句に人の気配がしたらどんな登場人物が適当か考える。発句が三春の季語を使っているなら、脇は早春・仲春・晩春を定める。発句の時分がはっきりしないなら、時分をはっきりさせる、というような考え方が基本です。

脇の例

・**「其場**（そのば）**」** 前句の場所を見定める

（発句）　雪晴れの越後湯沢や初懐紙　明雅（新年）
（脇）　飾り納めし峡深き宿　辰男（新年）宿

・「**其人**（そのひと）」前句に登場すべき人物をつける

市中はものの匂ひや夏の月　凡兆（三夏）
あつしあつしと門々の声　芭蕉（三夏）町の人

古の雛人形の迎えけり　水魚（仲春）
子等と見上げる燕来る軒　酔山（仲春）子等

・「**其時**（そのとき）」前句の時期、時刻を付ける

雪残る友の新居の一座かな　義房（晩春）
春の火鉢に炭火盛る午後　辰男（三春）午後

北陸の秋に始まる旅路かな　辰男（三秋）
刈田の草を濡らす朝露　美智子（晩秋）朝

実際はそれぞれが混じり合った付句になることが多いでしょう。

（参考）　**脇五体・・・・**古くは脇の付け方に以下の五体があると言われています。

打添付（うちそえづけ）　発句の余情をそのまま脇句にするもの。つまり発句に対して同所・同時刻で発句に言い残された景情を添えます。

（例）鈍行の窓に眩しき冬日かな／残る紅葉の続く山裾

相対付（あいたいづけ）　発句の意味に対となる句を付けるもの。つまり、発句の景情と対になるような別の景情を付けるものです。主客応酬の発句と脇の関係です。

（例）蝉の声その後聞こえぬ冷夏かな／北の便りの届く炎昼

違付（ちがいづけ）　発句の発想と逆の発想で付けるもの。

（例）鮟鱇も宇宙に浮かぶ時代かな／鍋の支度に余念なき夜

心付（こころづけ）　発句のもっている心に心を通わせた付け方。

（例）病床の友想いつつ秋深む／庭で初めて実を付けし栗

頃どまり　発句のもっている季節に対して「何々すべき頃」と付けます。

（例）　春宵に風を迎えし居室かな／古き商家に燕来る頃

基本は「打添付」です。「頃どまり」も「打添付」の変形に過ぎません。その点では、**脇は発句に打ち添えて二句一景**となるべきものです。脇を漢字で留めるのも二句の姿がすっきりするためですから、二句一景の気持ちがでれば、必ずしも韻事留めになる必要はありません。

(3) 第三

連句の三句目です。連句において、三句の展開(八八頁)**が始まる最初の句です。**

・**五・七・五の長句**で、発句と脇を受けて**新たな展開**をはかる場所です。
・動きのある生き生きとした句が望まれます(**丈の高い句**)。
・脇と関係を持ちながら、発句と脇でできた世界とは全く異なったものにする。つまり**転じる**ことが要点です(**変化の始まり**)。

具体的には、
・**季語を入れる場合と入れない場合**があります。
・発句と脇が春の場合は第三も春の季語が必要。
・発句と脇が秋の場合は第三も秋の季語が必要。(この場合、まだ月の句が出ていなかったらここで月の句(五十頁)を詠みます。初折の表五句目の月の座を第三まで引き上げたことになります。)
・発句と脇が冬か夏の場合は一般に雑の句を付けます。ただし発句・脇と同季を第三に続けてもかまいません。
・**第三の留めは「に」「て」「にて」「らん」「もなし」**などを用いるのが一般的です。

＊これらの留めは発句と脇に対して変化を持たせるために用いるものなので、すでに**これらの留字が発句や脇に使われている場合は用いません。**また発句が「かな」で留められたときは第三で「にて」留めは用いません。（「にて」は「かな」と同じ意味をもつため）

・句中の「て」「に」「を」「は」はできるだけ少なくします。これを**「角のてにをはをとる」**といいます。

・第三の区切れには三パターンあります。

大山体（おおやまたい）最初に中七と下五をつくり、その上に上五を置くもの。
（例）「初月や／先ず西窓をはがすらん　芭蕉」（上五で区切れ）

小山体（こやまたい）最初に上五と中七をつくり、下五に別のことを付けます。
（例）「我が家に野良猫とをる／鳴侘びて　芭蕉」（中七で区切れ）

杉形体（すぎなりたい）最初に上五と下五をつくり、中七に別のことを挿入します。
（例）「水せきて／昼寝の石や／なおすらん　曽良」（下五と上五を入れ替え可）

これは、句が力強くみえるようにするための工夫です。
なお、**「胴切れ」（中七の真ん中で句割れするような句）はいけません。**
（悪例）「春風の中で／車の行き来見て」

第三の例

（発句）八九間空で雨降る柳かな　芭蕉（晩春）
（脇）　春のからすの畠ほる声　沾圃（三春）
（第三）初荷とる／馬子もこのみの羽織着て　馬莧（新春）大山体

湯煙のはるかなりけり冬木立　辰男（三冬）
軒の丈まで積もりたる雪　明雅（晩冬）
高感度／好きなカメラを磨きゐて　郁子（雑）大山体

女子大生三人集う無月かな　陽子（仲秋）
師のいぬ部屋に響く虫の音　絢子（三秋）
コシヒカリ／豊作の記事新聞に　恵美子（仲秋）大山体

雪国の愉しかりける句会かな　浩一（三冬）
トンネル抜けて冬晴の空　陽子（三冬）
やや派手なスポーツウェア／身に着けて　明雅（雑）小山体

春めきし空にたなびく白シート　辰男（初春）
竣工前の暖かな午後　美智子（三春）
好物の目刺しをかじる／音たてて　辰男（三春）小山体

植えられし棚田の奥の秘湯かな　陽子（仲夏）
汗をふきつつ登る山道　恵美子（三夏）
はじめての家庭訪問／ベル押して　陽子（雑）小山体

ボストンの空に旅立つ春日かな　辰男（三春）
共に見おろす山の残雪　義房（仲春）
ひっそりと水芭蕉咲く／沼沢に　義房（晩春）小山体

花便りしたためにけり友のもと　義房（晩春）
多忙続きの暖かき午後　辰男（三春）
一歩づつ／霞の山路／辿り来て　義房（三春）杉形体

3　表の句の作り方

連句の基本は懐紙式です。その場合、最初の折の表（「百韻」では表八句、「歌仙」では表六句、「二十韻」では表四句）には、発句、脇、第三の後の句においても、いろいろな制約があります。ここでは、四句目の付け方と、歌仙の場合の五句目・六句目の付け方、さらに、表に嫌うものについて述べます。

(1)　四句目

連句の最初の三句は、発句、脇、第三という特別の呼び方がありますが、そのあとは「何句目」というようにします。四句目は、

・**七・七の短句**です。
・**あっさりと軽い句**を付けます。**（四句目ぶり）**

昔から「四句目はさらさら作れ」と言われています。第三の句を引き立てて、でしゃばらず、「空気のような付け」が理想です。「四句目で困った時には、猫か音楽をつけよ」などということもありますが、これもあまり考えすぎないで軽く付けよ、という意味です。

四句目の例

（発句）市中はものの匂ひや夏の月　凡兆（三夏）
（脇）　あつしあつしと門々の声　芭蕉（三夏）
（第三）二番草取りも果さず穂に出でて　去来（晩夏）
（四句目）灰うちたたくうるめ一枚　凡兆（雑）

如月や北の大地は凍てしまま　辰男（仲春）
窓の陽射しの少し暖か　義房（三春）
抱卵期いびき高々目が覚めて　辰男（晩春）
ジャズ軽やかに弾きし若者　義房（雑）

潮風に秋のにおいの越後かな　浩一（三秋）
友と眺める稲の色づき　辰男（三秋）
飛び跳ねる子らの月かげ縁側に　陽子（三秋・月）
耳だけたてて眠る飼い猫　恵美子（雑）

⑵ 歌仙の五句目と六句目

歌仙の場合、初折の表は六句からなり「表六句（おもてろっく）」と言います。

・発句から四句目までは、いわば「起承転結」のようなリズムでつけますから、五句目は、また新たな展開を作ることになります。したがって、四句目までとは異なった世界を、いかにさりげなくつけるかがポイントです。

・五句目は歌仙では「月の座」（五〇頁）です。発句が秋でなければ、ここで月を詠みます。発句が秋の場合は、発句・脇・第三のどこかで月を詠むので、五句目はただの平句です。

・六句目は歌仙では折の区切りでもあるので、四句目のように軽くやや落ち着いたものが好まれます。

（発句）　石段の上に見え来る茅の輪かな　宏平（晩夏）
（脇）　よもやま話尽きぬ片陰　陽子（晩夏）
（第三）　K-POP一推し二推しさまざまに　辰男（雑）
（四句目）　古き青磁を飾る床の間　平（雑）
（五句目）　暗号を解く鍵となる月明かり　子（三秋・月）
（六句目）　漏刻秋の水を湛える　男（三秋）

(3) 初折の表に嫌うもの

連句全体の流れは、「序・破・急」であらわされます（九六頁）。その中で、懐紙式の初折の表は、「序」にあたり、なるべく穏やかな流れにします。そのため、ここに示す昔の式目歌のように、尋常でない事柄（恋・述懐・無常・神祇・釈教など）は詠まないようにします。

式目歌（しきもくうた）（一〇六頁）
名所、国、神祇、釈教、恋、無常、述懐、懐旧、表にぞせぬ（松永貞徳、油糟）

ただし、発句については、どのような素材を用いてもかまいません。

（注）百韻の場合は「表八句」なので七句目と八句目が加わります、逆に二十韻では「表四句」なので五句目・六句目はありません。

4　挙句の作り方

連句の最後の句を挙句（あげく）といいます。

・**一巻の巻き納めの句**です。（七・七の短句）
・**一巻成就の喜びの心**をこめて、軽々と詠みます。**哀傷めかない**ようにします。
・挙句の前の句と季節を変えない。（たとえば春が六句続いてもかまわない）

ふつうは前句が「花の句」なので、春の句になります。以下の点に注意します。
・発句にある文字を使わない。
・字余りにしない。
・次に付句を呼び出しそうな新しい素材は使わない。
＊本来は発句の作者ないし亭主は詠まないで、出句数の少なかった人や執筆が付けます。また、挙句を付け渋るのは一座の興をそぐことになるので、場合によっては、前もって句を用意しておくぐらいの気持ちも大切です。

「挙句の果て」という言葉がありますが、これは連句（または連歌）の「挙句」のことです。挙句は、一巻の最後の句ですから、そこから転じて、「挙句の果て」は「物事の最後」、「最終的な結果」という意味に転じたといわれています。

挙句の例

（花の句）（挙句）

手のひらに虱這はする花の蔭　芭蕉（晩春・花）
霞動かぬ昼のねぶたさ　去来（三春）

参禅の雲洞庵は花見ごろ　明雅（晩春・花）
ガイドの歌に笑う山々　陽子（三春）

きらきらと降る花びらに手をかざす　姿（晩春・花）
遠く近くにゆれる陽炎　義房（三春）

茅葺きの屋根にかかれる花を賞で　義房（晩春・花）
夢見心地に酌みて麗らか　辰男（三春）

端正な文字で綴った花便り　辰男（晩春・花）
揚がる雲雀に意欲わく也　浩一（三春）

5　季の句と季語

・付句には季の句と雑の句があります。季の句は、季語が入った句で、雑の句は季語のない無季の句です。

(1)　季語

季語は「春・夏・秋・冬・新年」の五つに分類します。連句では、それぞれの季はさらに四つに分けるのが一般的です。

＊俳句や連句では、**春は二―四月、夏は五―七月、秋は八―十月、冬は十一―一月**です。

春

三春	二―四月	立春（二月四日頃）から立夏（五月五日頃）の前日まで
初春	二月	立春（二月四日頃）から啓蟄（三月六日頃）の前日まで
仲春	三月	啓蟄（三月六日頃）から清明（四月五日頃）の前日まで
晩春	四月	清明（四月五日頃）から立夏（五月五日頃）の前日まで

夏

三夏	五―七月	立夏（五月五日頃）から立秋（八月七日頃）の前日まで
初夏	五月	立夏（五月五日頃）から芒種（六月六日頃）の前日まで
仲夏	六月	芒種（六月六日頃）から小暑（七月七日頃）の前日まで
晩夏	七月	小暑（七月七日頃）から立秋（八月七日頃）の前日まで

秋　三秋　八―十月　立秋（八月七日頃）から立冬（十一月六日頃）の前日まで
初秋　八月　立秋（八月七日頃）から白露（九月八日頃）の前日まで
仲秋　九月　白露（九月八日頃）から寒露（十月八日頃）の前日まで
晩秋　十月　寒露（十月八日頃）から立冬（十一月七日頃）の前日まで

冬　三冬　十一―一月　立冬（十一月七日頃）から立春（二月四日頃）の前日まで
初冬　十一月　立冬（十一月七日頃）から大雪（十二月七日頃）の前日まで
仲冬　十二月　大雪（十二月七日頃）から小寒（一月五日頃）の前日まで
晩冬　一月　小寒（一月五日頃）から立春（二月四日頃）の前日まで

新年　元旦から一月十五日ぐらいまで（新年だけ特別あつかいします）

・季の句が出た場合、それぞれの季によって同季の句を続けなければならない数、続けすぎてはいけない数が決まってきます。

春の句　三句続ける（最低三句。四句も可だが普通は三句）
秋の句　三句続ける（最低三句。四句も可だが普通は三句）
夏の句　一～二句続ける（三句以上続けない）
冬の句　一～二句続ける（三句以上続けない）

（注）二十韻のような短い形式では、春・秋は三句、夏・冬は一～二句が基本です。

(2) 季の句を続けるときの約束

「季戻り」を避ける…一つの季の中で季節が戻らないようにします。

(例)「三春」の句には、「三春」、「初春」、「仲春」、「晩春」の句を付けます。

「初春」の句には、「三春」、「初春」、「仲春」、「晩春」の句を付けます。

「仲春」の句には、「三春」、「仲春」、「晩春」の句を付けます。

「晩春」の句には、「三春」、「晩春」の句を付けます。

要は、不自然な感じを与えなければ良いわけです。季語の中には季戻りになっても、自然に感じるものもあるので、不自然でなければそれでもかまいません。それを良いとするかは、捌き手や連衆の判断にゆだねればいいでしょう。

・**一つの季から別の季に移る場合は、間に雑の句を挟むのが普通です。**(たとえば、春・春・春・雑・夏・雑・雑・秋・秋・秋・・・・というように。)

・**同じ季は、あいだに雑の句や別の季を挟む**とともに、三句(夏冬の場合)ないし五句(春秋の場合)離さないと、次には付けることができません。(一〇三頁)

(例) おもいきりふられた恋が身にしみる　恵美子　(三秋)

引退力士断髪の式　陽子　(雑)

吹き出す汗を拭き拭き大ジョッキ　宏平　(三夏)

（注）**季移り**（きうつり）　ときに雑の句を挟まないで、直接ある季から他の季に転じることもあります。これを**季移り**といいます。

二季移り（雑の句を挟まないで季を転じることが一度だけ起こる場合）

（例）　雑・春・春・春・夏・夏・雑

三季移り（雑の句を挟まないで季を転じることが二度連続して起こる場合）

（例）　雑・春・春・春・夏・夏・秋・秋・秋・雑

このうち二季移りが普通で、三季移りは、歌仙では一か所以上出してはいけないといわれます。季移りをする場合でも、その移りが自然であるように工夫する必要があります。

季移りの例

露を相手に居合ひとぬき　芭蕉（三秋）
町衆のづらりと酔て花の陰　野坡（晩春）
（前句の露を「春の露」ととらえている）

白足袋を脱ぎ闇は深まり　美子（三冬）
月の出を待っていよいよ慰労会　辰男（三秋・月）
（前句の足袋は冬でなくても祭りでも履くので）

6　月の句（月の座）

月を詠む句の数とその位置は、連句の形式により定められています。

・月の句を詠むときの注意

① **月の数**は決まっています。それより多くても少なくてもいけません。

（例）歌仙なら月は三か所　（二花三月）

短歌行なら月は二か所（二花二月）

二十韻なら月は二か所（一花二月）

② **月を詠む位置**は決まっています。その位置が「**月の定座**（じょうざ）」です。

（例）「歌仙」における月の定座は、

初折の表の五句目（ただし発句が秋なら原則として第三までに詠む）

初折の裏の八句目

名残の表の十一句目

（初折の裏と名残の表の月は、かなり自由に場所を変えてもかまいません。）

＊月の定座を動かすことを次のようにいいます。

月を引き上げる　定座より前に月を出すこと

月をこぼす　定座より後に月を出すこと

③　春夏秋冬それぞれの月があります。

ただし、**単に「月」といえば秋**になります。仲秋の名月を愛でるように、秋の空が澄んでいて、月がもっとも美しく見えるからです。

春…春の月・月おぼろ　など
夏…夏の月・月涼し　など
秋…月・秋の月・名月・後の月　など
冬…冬の月・寒月・月冴える　など

④　秋の句を続ける（三～四句）ときには、その中に必ず月の句を入れます。月の句がない場合を**素秋**（すあき）といって嫌います。

⑤　一巻の中に月の座が複数ある場合は、それぞれの月の句が同じような月の句にならないように注意します。その意味で、複数の月の句のうち、一句は秋以外の月にしたり、短句の月を詠んだりすることが多いようです。

・**月の句の詠む心は「月を賞でること」**にあります。特別な理由がない限り落月や無月を詠むのはよくありません。月の句は古来歌い続けられてきたものなので、安易に作ると古くさく陳腐になります。したがって「月の景情」にいかに新たな発見を見いだすかがポイントです。

（長句の例）

カウチポテトに猫と目が合ひ　陽子（雑）
雲の端を金色に染め上る月　義房（三秋の月）
元気な子らの響く歌声　辰男（雑）
月高き異国の町を馬車に乗り　宏平（三秋・月）
家族七人囲む卓袱台　越女（雑）
更待のゆらり書斎の窓辺から　水魚（「更待」で仲秋の月）
ばっさりと切る長い黒髪　慈雨（雑）
帰省子を迎える父母に月あかり　慈雨（「帰省子」で晩夏の月）
暖炉の前に並ぶコニャック　辰男（「暖炉」で三冬）
木枯らしの揺らす窓辺に月の猫　美智子（「木枯らし」で初冬の月）

（短句の例）

菜園で芋掘り出させ塩ゆでに
蟋蟀を聞き名月を賞で　陽子（三秋）
宏平（仲秋・月）

出目金も和金も泳ぐ中華鍋
包丁を研ぎ仰ぐ夏月　辰男（三夏）
陽子（三夏・月）

宵毎に点ててわが飲む夏茶碗
庭のステテコ月に照らされ　明雅（三夏）
辰男（「ステテコ」で三夏の月）

雪原に描くシュプール鮮やかに
異国の月夜ストーブは燃え　辰男（「雪原」で晩冬）
茂樹（「ストーブ」で三冬の月）

浪士らのはやる心に陣太鼓
雪の止む間にのぞく細月　和重（雑）
浩一（「雪」で晩冬・月）

・その他、月の句を付ける際に知っておきたいこと

① **月とは**　**ただ「月」と言った場合は「三秋」の月**として扱います。ただし、「月見、名月、十六夜、立待月、居待月、更待月、真夜中の月」などは中秋の月とします。また「後の月、十三夜」は晩秋の月です。

② **月並みの月**　「一月、二月、如月、文月」など、カレンダーの月を「月並みの月」と呼びます。**月の句としては扱いません。**あくまでも「月の句」は夜空に浮かぶ月のことを指します。

③ **「月」の字を使えない時**　**「月」という文字は五句去**の式目（一〇六頁）があります。そこで、月の座がこの式目に障るときは、「十五夜、立待、有明、良夜」などの月の異名を用いて、「月」の文字を使わないようにします（一二九頁）。

（他の月の異名：　上弦、下弦、弓張、玉兎、金輪、嫦娥、桂男、盃の光など）

（例）四月馬鹿上司の顔もほころんで　　辰男（晩春）月並みの月
　　　コーヒーショップ香り楽しみ　　　　（雑）
　　　良夜にはベートーベンの曲を弾く　　（仲秋・月）

④ **星月夜**　「星月夜」は秋の季語ですが、月が出ていない夜に、満天に星が輝いている星空の美しさを示す言葉なので、**月の句にはなりません。**

⑤ **時分の月**　二句前に夜分がある場合は、夜分の打越（観音開き、八九頁）にならないように、他の時分の月（有明、朝月、昼月など）を付けます。

（例）丑三つに都の辻を鬼走る　浩一（雑）夜分
財宝かかえ豆の木のぼり　和重（雑）
夢覚めて障子の外に昼の月　宣勝（三秋・月）

⑥ **思い合せの月**　実際に空に出ている月ではなく、心の中で感じた月や空想の月です。前句の具合で、実際の月が出せない場合に効果的です。

（長句の例）いつの世も月に癒され見守られ　越女（三秋・月）
（短句の例）轆轤ッ首が絡む涼月　辰男（三夏・月）

⑦ **書き割りの月**　絵にかいた月や、舞台の道具の月など、作り物の月のことです。実際の月が出せない場合に月を出すための工夫です。

（長句の例）絵葉書に月のウサギがにんまりと　千恵子（三秋・月）
（短句の例）肩の嫦娥の刺青も冴え　辰男（三冬・月）「嫦娥」は月の異名

⑧ **投げ込みの月**　月の字を句の最後において、一種の助字のように使うことがあります。これを「投げ込みの月」といいます。短句に用いると不思議に諧謔味の出ることがあります。

（短句の例）堪忍袋切れている月　辰男（三秋・月）

7　花の句（花の座）

・花を詠む句の数とその位置は、連句の形式により定められています。

（例）「歌仙」なら花の句は二句

初折の花（枝折の花）　初折の裏の十一句目

名残の花（匂の花）　名残の裏の五句目（挙句の前の花の座）

匂の花（挙句の前の花の座）は、フィナーレを飾る大切な彩りです。古式に則った連句の正式興行では、床の間の芭蕉像に花を献じ、香を焚いてから作るしきたりになっています。その点で、作者は、貴人・巧者を優先します。

・花の句を詠むときの注意

①　花の句は引き上げてもかまいませんが、こぼすことが出来ません。

②　桜のもつ華やかさをイメージし、**「花」という文字を入れて詠みます。**したがって**普通は春の句**になります。

・「桜」と詠んだ場合は花の句にはなりません。

・枝から切り取られた桜や、他の植物の花、あだ花などを詠んだ句は花の句として扱いません。

＊ただし、華やかで美しいものを賞美する心が含まれる言葉で、「花」として伝統的に認められているものがあります。（「正花と非正花」を参照）

③　月と花を一緒に詠んだ句を出す場合は一巻に一つにします（月花一句）。

花の句の作意はあくまでも「花を賞でること」です。「花をもたせる」という言葉は、連歌・連句で花の句を詠ませることから来ており、この句を詠むことは名誉なことです。月の句と同様に、この花の句でもその景情にひとつでも新たな発見をしたいものです。

正花（しょうか）**と非正花**（ひしょうか）（一三〇頁）　古くから花の句の「花」と認められているもの（正花）と、にせものの花（非正花）とされているものがあります。

正花には、「春の正花」だけでなく、「他季の正花」、「雑の正花」が定められています。

他季の正花　夏の「花火」・「花氷」、秋の「花相撲」・「花燈籠」、冬の「返り花」など

雑の正花　「花嫁」、「花婿」など

非正花は花の句になりません。

非正花　波の花、雪の花、火花、麹の花、花野、六花、風花など

花前の句について

花の句の前を**花前**（はなまえ）といい、そこで詠む句を花前の句といいます。この花前では、花の句を詠みづらくするもの、あるいは花の光を奪うようなものは避けます。また、花の句が近づいたら、植物（特に高い木）の句は詠まないようにします。いわば「花が引き立つ」ような句をつくるようにするわけです。

花の句の例

あちらこちらで蛇穴を出る　辰男（仲春）
参禅の雲洞庵は花見ごろ　明雅（晩春・花）
強い訛りに愛嬌がでて　陽子（雑）
蛮カラの熱きエールに花の揺れ　水魚（晩春・花）
春雨の中　山は霞んで　義房（三春）
掛け軸に今日の景色の月と花　宏平（晩春・月・花）

・歌仙のように一巻に花が二句ある場合は、二つの花の句（枝折の花と匂の花）に変化をつけるようにします。

繰り上げて古希の祝いも花の宴　浩一（枝折の花）
落花霏々オークス賞の勝馬に　明雅（匂の花）

入賞の知らせを受ける花の下　辰男（枝折の花）
御仏は眉美しき花の寺　陽子（匂の花）

陽あたりの良き土手沿いの花並木　恵美子（枝折の花）
凛としてけれど気どらず花の友　浩一（匂の花）

飛び入りの花見の客の芸達者　陽子（枝折の花）
きらきらと降る花びらに手をかざす　姿（匂の花）

琴の音の響く窓辺に夜の花　美智子（枝折の花）
待ちに待ち夢かなう日は花盛り　義房（匂の花）

8　恋の句

・恋は月と花についで大切なもので、恋句のない連句は「半端もの」といわれたりします。**各折に一か所が標準**ですが、それ以上でもかまいません。二十韻のように短い連句の場合は一巻に一か所でもかまいません。

・昔は、「恋の詞（涙、情、人目、きぬぎぬ、色好みなど）」というものがあり、その単語さえ入っていれば恋句とみなされたことがありましたが、今はそんな制約はありません。恋の気分があれば、恋句ということができます。恋人の情、夫婦の情など、年齢も人も場も異なる、さまざまな恋句が考えられると思います。

・恋句を付ける際に注意するのは次の点です。

> ・初折の表では恋を出さない。（ただし発句で恋を詠むことは可）
> ・前句が恋とも恋でないとも決めかねるときは、必ず恋句を付ける。
> ・**恋句がでたら一句で捨てない**で、できたらもう一句恋句をつける。
> ・花の定座の前には恋は出さない。

恋句の例

きぬぎぬのあまりかぼそくあてやかに　芭蕉（雑）恋
かぜひきたまふこえのうつくし　越人（雑）恋

あの月も恋ゆえにこそ悲しけれ　翠桃（三秋）恋
露とも消ね胸のいたきに　芭蕉（三秋）恋

月冴ゆる夜はあなたの好きにして　恵美子（三冬・月）恋
海越え届く恋文の束　陽子（雑）恋

怒ってる怒ってないはもうよくて　浩一（雑）恋
させてあげるわ亭主関白　陽子（雑）恋

待ち合わすのは今日もお社　宏平（雑）恋
カップルは暴走族に冷やかされ　恵美子（雑）恋

デートコースはオープンカフェで　陽子（雑）恋
定年を迎えて決める夫婦の日　辰男（雑）恋

ジェラシーという言葉つぶやき　辰男（雑）恋
タマネギを彼に見立ててみじん切り　美智子（雑）恋

・恋の呼び出しの句

何となく恋めいた雰囲気を感じさせる付句のことをこう呼びます。恋の呼び出しの句が出た場合は、次は必ず恋句をつけなければなりません。

銃音のあとの静けさ秋の湖　恵美子（三秋）デートができそうな情景
ペアールックで胸を弾ませ　郁子（雑）恋

訛り深まる酌み交わすほど　義房（雑）飲んでいる相手に異性を連想
イヤリングそっと外してポケットへ　辰男（雑）恋

・恋離れの句

恋の句の付句としては恋になるが、一句独立してみた場合はかならずしも恋にならないもの。

思いもかけぬ妻の手料理　義房（雑）恋
息熱くピンクに染まる頬と胸　陽子（雑）恋
長く氷柱が伸びる月の夜　恵美子（晩冬・月）恋離れ

ピアスの色も秋服に合い　越女（三秋）恋の呼び出し
ハロウィンの魔女の姿の君が好き　まり（晩秋）恋
直球勝負砕け散っても　辰男（雑）恋離れ

週末は雪のアルプスあちこちと　宏平（晩冬）恋の呼び出し
熱き口づけこれが最後と　辰男（雑）恋
月光にゆれる二人の長き影　美智子（三秋・月）恋離れ
老々介護深まりし秋　陽子（晩秋）

9　その他、一巻の中で詠みこみたいもの（素材）

連句では、変化をつけるために、森羅万象を詠むことが大切だと言われます。つまり、これまでに触れた花、月、恋のほかに、以下のようなものを満遍なくどこかに詠み込むと全体に変化がでてきて楽しくなります。

天象（月・日・星・天の川・空）
降物（雨・露・雪・霜など）
聳物（雲・霞・虹・蜃気楼・稲光・陽炎など）
風体（風・風鈴、扇風機など）
火体（煙・火・炉・火鉢・ガスレンジなど）
山類（山・嶺など）
水辺（海・川など）
水体（水・湯、汗・小便など）
時候（季節・月次・年次など）
時分（朝・昼・夜）
動物（鳥・虫・魚・獣など）

植物（木・草）
神祇（神・社・鳥居・神楽・祭りなど）
釈教（仏・寺・僧・仏事など）
無常と述懐（老・病・死など）
人名（外国・国内）
居所（宿・屋根・座敷・庭など）
地名（外国・国内）
旅行（旅に関する言葉など）
飲食（酒・食物）
時事（社会の出来事）
音曲（音楽）
衣服（服・着物・帽子など）
数詞（一・二・三・・・）
妖怪（雪女・座敷童子など）

これらのうち、同じ素材を続けて出したり、近くで出したりすると連句に変化が出なくなるので、注意する必要があります（式目は一〇一頁を参照。素材は「季語一覧」や「素材とことば」も参照）

発句と平句と第三の違い

連句には、発句と平句の区別があります。発句は一巻の始まりで、即時即詠の挨拶句ですから、この句の次には脇の七七の句が続くことになります。

たとえば、その日は、夏服の華やいだ服をまとった少女（ギャル？）達が駅にあふれていたとして、それを発句に詠み込むことにします。「こんにちは、今日は駅を降りたら夏服の若い女の子がたくさんいましたよ」というような挨拶です。「夏服」が季語なので、まず思い浮かぶのは、便利な切れ字の「かな」を使って

夏服の少女集いし駅舎かな

夏服のギャルで賑わう駅舎かな

でしょうか。俳句ならあまりに平凡ですが、発句は挨拶ですから、考えすぎて時を費やすよりは、この程度のものでも良いと思います。

もちろん、そうはいっても、より良いものが欲しいし、そのために、即時即詠の訓練は必要です。心と時間の余裕があればもう少し推敲し、その場の情景をさらにヴィヴィッドに伝えることができればそれにこしたことはありません。これも月並みかもしれませんが、

夏服やギャルで華やぐ駅の前

というような形も面白いでしょうか。

さて、では、平句でこの夏服の少女やギャルがでる場合はどうでしょう。平句は発句と逆に切れ字を使わないのが普通ですから、たとえば長句なら、

夏服の少女が集う駅の前
夏服のギャルで賑わう駅の前

などが考えられます。また、短句であれば、

夏服のギャル集う駅前
駅にあふれる夏服のギャル

でしょうか。これらは俳句なら平凡だとしても、連句の付句では、前句や次の付句によって自由な連想を導くことができ、さまざまな可能性を秘めています。

たとえば、夏服のギャルで賑わう駅の前、に対し

売り切れとなる明日のチケット　（コンサートに集う風景）
晴れ渡る空　青き海原　（海水浴）
高原列車トンネルを抜け　（旅行）
メールで探す彼の居所　（デート）

など、場所や場面は無限に転換できますし、恋にもできそうです。もっと楽しくするなら、

夏服のギャルでホームは占拠され　（長句）
夏服のギャル駅を占拠し　（短句）

とふざけることもできます。また、打越との関係で人情自他場（九一頁）にする必要があるなら、

駅で会うギャルの夏服華やいで（長句）
夏服纏うギャルに会う駅（短句）

とすることも可能でしょう。人情自にするのなら、

夏服を着れば気分も華やいで（長句）
ノースリーブで改札を出て（短句）

など、多様なヴァリエーションが出てきます。

では発句でも平句でもない、第三の場合はどうでしょうか。第三は連句の転じの始まりとして、特別扱いされる句で、平句よりも丈が高い句が望まれます。技法的には「角のてにをは」を切ることと、「て」、「にて」、「に」、「もなし」、「らん」などで止めるという約束があります。また、上五の後か、下五の前、あるいは両方に区切れがあるのが望ましいとされます。したがって、

少女らは夏服纏う／駅舎にて（小山体）
夏の服／ギャルでホームは賑わって（大山体）
夏の服／駅の少女ら／華やかに（杉形体）

などが考えられるでしょうか。

第三章　付け方の基本

・付け方を考える四つのポイント

すでに述べたように、連句の付け方の基本は、次の四つの点です。

（東　明雅『連句入門　芭蕉の俳諧に即して』中公新書、一九七八による）

1　それぞれの句の独立したおもしろさ
2　隣の句との関係のおもしろさ（付合）
3　三句目の展開のおもしろさ（打越）
4　全体の流れのおもしろさ（連想が後戻りしない）

ここでは、それぞれについて個別に説明します。

1　それぞれの句の独立性

それぞれの句は、長句でも短句でも、それだけ読んでも意味が分かるようにしておく必要があります。つまり一句一句の面白さが連句の基本単位ともいえます。

平句においては、一句には一つの題材（内容）だけを盛り込むと考えるとよいでしょう。あまりあれこれ盛り込むと散漫になりますし、次が付けづらくなります。思い浮かべた景情をサクリと切り取るような工夫が大切です。また、あまり細かく言い過ぎると次の句が付けづらくなるので注意します。表現については次の点について注意すると、平句らしくなります。

長句の場合

「や」、「かな」などの「切れ字」は使わない。

「取り合わせ」（二つの物を取り合わせた二句一章の句）は使わない。

（つまり「切れ字」と「取り合わせ」は発句以外には使いません）

短句の場合

下七が四・三や二・五になると語呂が悪いので出来るだけ避ける。

（長句の例）

パソコンの部屋の壁にも夢二の絵　宣勝（雑）

談合は知恵だと語る天下り　義房（雑）

メリケンのオーケストラに一張羅　浩一（雑）

山姥は髪振り乱しにんまりと　美智子（雑）

アルプスへ仕事も家も放り出し　姿（雑）

リストラで配置換えだと春の報　宏平（三春）

籐椅子にもたれていつか夢を見る　辰男（「籐椅子」で三夏）

赤い橋二本架かった秋の川　陽子（三秋）

少年の青洟光る北の街　恵美子（「青洟」で三冬）

（短句の例）

旧友迎え峨眉山に飲む　和重（雑）

湯気に輝く銀シャリの粒　姿（雑）

チケット二枚眠る引き出し　浩（雑）

わしづかみする釣れた魚を　宏平（雑）

クールミントのガムが大好き　恵美子（雑）

春の暖炉にしばしまどろむ　陽子（三春）

庭にたわわの茄子を摘み取り　美智子（「茄子」で晩夏）

路地のあちこち揺れる迎火　辰男（「迎火」で初秋）

熱燗の湯気鼻をくすぐる　宣勝（「熱燗」で三冬）

2　隣の句との関係（付合）

・前の句（前句）に次の句（付句）をつなげていくのが連句の基本です。

前句（まえく）　↓　**付句**（つけく）

・長句には短句を、短句には長句を付けます。

長句　↓　**短句**　　**短句**　↓　**長句**

・したがって連句では二句（前句と付句）の関係の面白さが大切です。

・連句の前句と付句との関係は、「**付きすぎず、離れすぎず**」が基本です。

親句（前句との関係が近い付け句）

疎句（前句との関係が離れている付句）

（例）

ごろごろと南瓜転がる裏の庭

・たまの休みに部屋を片付け

・退院の日も少し近づき

・下駄を蹴り上げ天気占い

・草間彌生の赤き水玉

疎◀──▶親

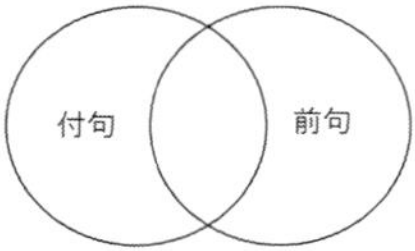

親句（しんく）

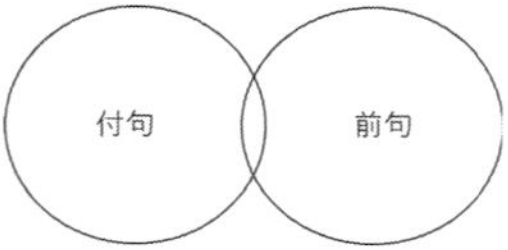

疎句（そく）

付合三変

連句は長短の句を付け合う文芸ですから、前句と付句との関係が連句の基本です。つまり、連句では、それぞれの句の独立した面白さを楽しむ一方で、二句を並べることで、さらに余情が増したり、新たな発見が生まれたりする、そんな言葉の魅力を楽しみます。

ところで、連句の付合の種類として、古くから**物付**（ものづけ）、**心付**（こころづけ）、**匂付**（においづけ）が区別されてきました。物付は前句の中にある事物や言葉に関連した言葉や物事を付ける方法ですが、心付は前句の意味を考えて付ける意味付です。これに対して、匂付（余情付）は、前句の意味よりも雰囲気や余情に見合う句を付ける手法で、芭蕉が提唱しました。匂付は、物付の単調さや、意味付けの理屈っぽさから開放される点が魅力です。これらの付けは、物付、心付、匂付の順で発達してきたので、「付合三変」と呼ぶことがあります。

一方で、連句の付句に対して「親句」か「疎句」かが問われることがあります。この言葉は前句に対する付句の距離を示し、親句は前句に近い付句、疎句は前句から遠い付句のことを指します。親句の「近い」というのは、前句の語句や意味に寄りかかった状態でもあるので、物付や心付は親句になりやすいところがあります。一方、疎句は、言葉や意味に頼りすぎず、前句とやや離れた微妙な距離をもつ句を指すもので、匂付はそんな距離を作りやすくした手法ともいえます。こうして離れながらもかすかに付いている句があると、私たちの想像力を刺激するふくよかな詩的空間ができます。

⑴　物付・心付・余情付

①　物付（ものづけ）

前句にある物や言葉に頼って、それに縁のある言葉や物で付ける方法。「詞付」ともいいいます。

もっとも古くから行われている簡単な付け方です。うまく付けることができた場合は、ユーモアのある句ができたりします。一方で、ややもすると表面的で単なる「言葉遊び」となりかねないので注意する必要があります。

球場の前でみつけた安酒屋　辰男（雑）
浮かぶこんにゃく　おでんの中に　美智子（「おでん」で三冬）
（居酒屋から「おでん」を連想している）

ダイアナの世紀の恋に国が沸き　義房（雑）
香りも高きセイロンの茶は　浩一（雑）
（ダイアナからイギリスの紅茶を連想している）

月を浮かべたソーダ水飲み　　　辰男（「ソーダ水」で三夏）
ぶくぶくと海泡だちて人魚姫　　美智子（雑）
（ソーダ水の泡から「ぶくぶく」を連想）

② **心付**（こころづけ）

前句にある物や言葉ではなく、前句全体の意味や内容を考えて、それにかなった句を付ける方法。「句意付」とか「意味付」ともいいます。

前句にどう付けるか考える際には、まず前句が言い残している部分を見つけだして、そこから連想を広げる方法が簡単です。この付け方では、「其人」、「其場」「其時」が基本です。この付け方では、前句の単なる説明にならないように注意します。

とくに直接的な理由や結果をつけると二句の進展も発見もなくなり、つまらなくなってしまいます（こういうのを「ベタ付け」といいます。）

・其人の付（人物を付ける）

留学の頃に始めた空手道　　辰男（雑）
頬から顎に消えぬ傷痕　　浩一（雑）
（前句の空手から、その顔の様子を連想したもの）

免許更新眼鏡忘れて　恵美子（雑）
珈琲の味にうるさい課長補佐　辰男（雑）
（眼鏡を忘れた人の人柄と職業を連想したもの）

大学をまたも休んで土方する　辰男（雑）
海外旅行　夢はふくらみ　義房（雑）
（土方でお金を貯めて海外旅行に行きたいと解釈したもの）

・其場の付（場所を付ける）
アベックで沢に分けいり鰍突き　辰男（「鰍突き」で三秋）
谷間の宿に立ちし湯煙　義房（雑）
（鰍突きから、その辺りの情景を連想）

はじけ飛ぶ子供の笑いバスの中　和重（雑）
サッカー場はウエーブの山　宣勝（「サッカー」で三冬または雑）
（前句の子供たちがサッカー観戦に行くと解釈したもの）

・其時の付（時分や時節を付ける）

時を付ける（時分の付）

お稲荷さん油揚さらう大鴉　郁子（雑）

新宿の朝　人気ないまま　辰男（雑）

（お稲荷さんと大鴉がいるにふさわしい場所と時を連想）

季節を付ける（時節の付）

お百度参り雨の降る日も　浩一（雑）

人影も犬もいなくて神の留守　陽子（「神の留守」で初冬）

（お百度参りをする季節を連想）

天気を付ける（天相の付）

ダブルデッカー今も走るや　浩一（雑）

雨間の博物館に集う客　宏平（雑）

（英国のダブルデッカーの走る場所と天気を連想）

③余情付（よじょうづけ）

前句の意味ではなく、前句のもつ微妙な雰囲気や余情に応じて付けていく方法。匂付（においづけ）とも言います。

ここでは二句の対比（関係）の面白さを考えるのが基本ですが、「匂」、「響き」、「位」、「色立」、「向付」などに区別して説明されることがあります。

・余情が似通っているものを付ける（匂）

一生をかけて調べる癌の謎　恵美子（雑）
遠くの山に沈む太陽　陽子（雑）
伐採のあと禿げ山のまま　辰男（雑）
寒月に犬の遠吠え長々と　美智子（三冬・月）

・打てば響くように付ける（響き）

不祥事ばかりまたも警察　陽子（雑）
前歯すら全て抜き去る荒療治　辰男（雑）

・前句の品位にあわせて付ける（位）
傘閉じて雫したたる石畳　陽子（雑）
妻と求めし古き茶道具　辰男（雑）

・前句の色を美しく見せる（色立）
皿にあふれた枝豆のさや　恵美子（三秋）
マニキュアの色は秋なら薄ピンク　辰男（三秋）

・前句と異なるものを付けて対比をつける
門前にゴロリころがる　されこうべ　辰男（雑）
女子大生の鼻歌軽く　浩一（雑）

・前句に対抗するものを付ける（向付）
特大の松茸つめて郵パック　辰男（「松茸」で晩秋）
すき焼きなれば豊後牛なり　眞（雑）

・前句をさりげなくかわす

夏の日にすっくと建った蔵屋敷　宣勝（三夏）

涼しき軒に昼寝する犬　浩一（三夏）

＊前句を活かすために付ける軽い句を「遣句」といいます。

実際には、一句の中には物付、心付、余情付の要素が混じり合うこともあります。とくに心付けにおいては、余情を大切にして付けた場合は、心付と余情付の境界がはっきりしなくなります。

原爆の実験またも行なわれ　辰男（雑）

凍てつく海に霙降る頃　浩一（三冬）

（原爆の寒々しさと通い合った風景を連想したものだが、其場の付けともとれる）

嵐やみヨーデルかすか山あいに　美智子（雑）

ホスピスの庭　子猫膝にし　辰男（「子猫」で晩春）

（どことなく静かな雰囲気を共有させたものだが、其場の付ともとれる）

（参考①）付合・付心・付所・付味

連句の付句を鑑賞したり分析するする際には、すでに述べた付合（物付、心付、匂付）だけでなく、次のような視点から考えるのが一般です。実際に付句を案じる時は、むしろ楽しみながら、直感で付けることが一番大切ですが、困ったときには、こうした観点が役に立つことがあります。

付合（つけあい）　付けの種類。物付、心付、匂付（余情付）のどれか。
付心（つけごころ）　付けの方法。どのような案じ方をして付けたか。
付所（つけどころ）　付けの手がかり。前句のどこに着目して付けたか。
付味（つけあじ）　付けの評価。付句がどのような余情を醸し出しているか。

（例）　崩れては湧く雲の峰々　　辰男（「雲の峰」で三夏）
　一生涯シーラカンスを追う男　　明雅（雑）

付合　匂付
付心　入道雲の動きから、力強さという情を引き出した、起情の句
付所　前句にふさわしい人物を見定めて付けた、其人の付
付味　湧いては崩れ落ちる入道雲の力強さが、生涯シーラカンスを追い続ける人物と重なり合うことで、一幅の絵のような余情が生じている。

（参考②）　七名八体（しちみょうはったい）

芭蕉の高弟の一人であった各務支考（一六六七―一七三一）が、連句の付け方を体系化し、「七名八体」という考え方を提唱しています。

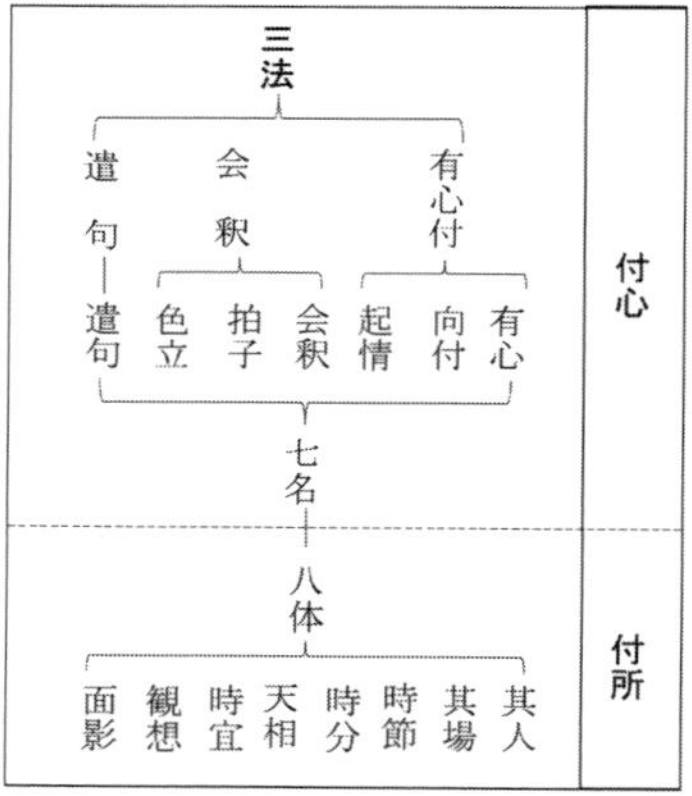

この説では、付け方を「付心（つけごころ）」と「付所（つけどころ）」という二つの視点からみることにして、付心を七つ（有心、向付、起情、拍子、会釈、拍子、色立、遺句）、付所を八つ（其の人、其の場、時節、時分、天相、時宜、観想、面影）の八つのパターンに分類して、それぞれ、七名（しちみょう）」、八体（はったい）と呼んでいます。また、七名は、さらに三つ（三法）のグループに分けます。

七名（付心）

① 有心付（うしん）前句全体の景情を見定め、その言外にある余情をとらえて付けるもの。

・有心　一般的な有心付。

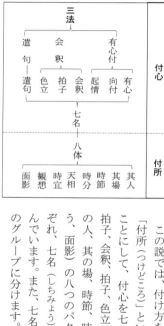

・向付　前句に出てくる人物に対して、別の人物を出して対立させる付け方。
・起情　前句の叙景にひそむ余情に見合う人情の句を付ける付け方。
② 会釈（あしらい）前句の人物の衣服や持ち物、周囲の調度などを付けるもの。
・会釈　一般的な会釈。
・拍子　前句の勢いに応じて付けるもの。
・色立　前句の色彩に、別の色彩で応じるもの。
③ 遣句（やりく）会釈と基本的に同じだが、もっと軽い付け。「逃句」（にげく）ともいう。

八体（付所）
・其人　前句の人の様子を描写する付け。
・其場　前句の人のいる場所を描写する付け。
・時節　前句にひそむ季節（春・夏。秋・冬・新年など）を感じ取って付ける。
・時分　前句にひそむ時分（朝・昼・夜など）や時刻を見定めて付ける。
・天相　前句にふさわしい空模様や天気を付ける。
・時宜　前句にふさわしい風俗や、その人の境涯などを付ける。
・観想　前句にでた人物の、人生や世相に対する喜怒哀楽を付ける。
・面影　故事などを付ける。

＊七名（付心）と八体（付所）は、付句を異なる観点で見たものなので、互いに関連しています。

⑵ 執中の法（しっちゅうのほう、芭蕉二十五ヶ条）

実際の連句興行の場においては、時間が限られていることに焦って、なかなか付句が思い浮かばないことがあります。こうした時に、役立つのが、各務支考の提唱した「執中の法」という付け方です。

「執中」とは中を執ること。つまり「前句の中心となる点を執って、付句をみいだす」という意味です。もう少し簡単にこの方法をも説明すると、次のようになります。

① まず、前句の中心となる点が何かを考える。
② それを一字か二字（せいぜい三字以内）の抽象的な語でイメージする。
③ それの語に対しての具体的なイメージを描いてみる。
④ そのイメージから連想されるものを付ける。

これにより、前句を一度抽象化することで、前句の細かい点にとらわれないで付句を考えることができるようになるので、単純な物付や心付に終わらず、前句から離れた句を付けることができるといわれます。

（例1）　**薄紫に染めし白髪**

パターン1

①なぜ白髪を薄紫に染めたのか。染めた人は女性だろうか。

②「お洒落」

③ファッションショーやブランドに興味があるのでは？

④付句　**パリコレは何を目指しているのやら**

パターン2

①まだ多少社会で活躍している男性だろうか？

②「老紳士」

③功績が認められて皆に喜こばれているのでは？

④付句　**教え子が次々集う祝賀会**

（例2）　天高く飛行機雲の縦横に

①飛行機の軌跡が幾何学模様に見える点が印象的？

②「抽象画」

③ピカソとかモンドリアンとか？あ、草間彌生は？

④付句　**百号の絵は赤い水玉**

3　三句目の展開（三句の渡り）

連句の三句の関係は、

打越（前々句）　↓　**前句**　↓　**付句**

です。このとき、**前句を挟んで打越**（うちこし）**と付句が転じ離れること**が連句の基本です。この「転じ」が悪くて、付句と打越が同想になることを「観音開き」または単に「打越」といって嫌います。つまり、**連想が後戻りしないこと**、がもっとも重要です。（「打越」という言葉には、「前々句」の意味と「観音開き」の意味があるので要注意）

「歌仙は三十六歩也。一歩も後に帰る心なし」（芭蕉、「三冊子」）（一一四頁）

（三句の渡りの例）

アメリカのテロのあおりで倒産に　陽子（雑）

　裸の私照らす満月　恵美子（三夏・月）倒産から裸へ

短夜にこがれて燃える心の火　絢子（三夏）前句を恋の呼び出しと考えて

生ごみに蛆がわらわら這い出して　恵美子（三夏）

　不祥事ばかりまたも警察　陽子（雑）前句の不浄な雰囲気を受けて

前歯すら全て抜き去る荒療治　辰男（雑）不祥事の解決をイメージして

(1) **観音開き**（打越、輪廻）

打越と付句の趣向が同じになることです。仏壇などで両開きに扉が開く様子に似ていることから、この名前があります。連句の三句の渡りで、転じ切れていないことを指します。観音開きとして次のようなものをあげることができます。

① 着想の打越
打越の句と、同じないし正反対の着想の句になること。

② 題材の打越
打越の句と、題材において同類の関係になること。

イ．時分の打越
（悪例）**朝寝**するいびき高々目が覚めて
　ジャズ軽やかに弾きし若者
十六夜はチャールズ川を照らし出し（「朝」と「夜」で時分の打越）

ロ．肢体の打越
（悪例）愁い秘めたる尼の横**顔**
　過ぎし日に君と登りし雪穂高
北風**頬**に月は揺らめき（「顔」と「頬」で肢体の打越）

ハ・居所の打越

（悪例）　賑わいをます**教会**のミサ

不審物多数みつかる椅子の下

狭き家にて捜すへそくり　（「教会」と「家」で居所の打越）

その他、天象、衣類、飲み物、動物、植物など、とにかく同じ題材が観音開きにならないように注意する必要があります。

③　言葉の打越

打越に同じ漢字、同じ表現法がでること。

（カタカナの打越は好みによりますが、避けることができるかどうかは一度考えてもよいと思います。）

④　人情の打越

打越の句と、現われる人物が同じになること。人情の変化がうまく行かず、同一人物が何句も続くようになると、連句の進展がなくなってしまいます。これを避けるためには、次に述べるように「人情自他」について考慮すると便利です。

人情自他場について

芭蕉の門人の立花北枝が、三句目の転じをするために、「附方自他伝」として提唱した手法です。この方法では、付句を人情のあるなしで以下のように区別し、その付合のパターンで、三句の渡りに変化を持たせようとするものです。

人情の句（人物が出てくる句）
　自の句（自分だけが出てくる句）
　他の句（他人だけが出てくる句）
　自他半の句（自分と他人がかかわる句）
人情無しの句または「**場の句**」（人物が出てこない句）

基本は、**「人情自、他、自他半、場の句は打越を嫌う」と覚えます。**

① 打越が自の句なら、三句目は自の句以外を付ける。
② 打越が他の句なら、三句目は他の句以外を付ける。
③ 打越が自他の句なら、三句目は自他半の句以外を付ける。
④ 打越が場の句なら、三句目は場の句以外を付ける。

具体例を次に示します。

①打越が自の句なら、三句目は自の句以外を付ける。

鉄砲風呂は雪の降る中　辰男（晩冬）　自

一軒の板葺き屋根の残る村　美智子（雑）　場（無）

ネオンきらめく銀座二丁目　麗奈（雑）　場（無）

春の夜にノーベル賞の夢描く　宏平（三春）　自

ナノテクノロジー猫も杓子も　辰男（雑）　他

主婦たちは大安売りの赤札に　宏平（雑）　他

新緑の雲洞庵をぶらり旅　辰男（初夏）　自

リボンなびかせ夏帽子ふり　陽子（三夏）　他

式場も日取りもみんな君任せ　辰男（雑）　自他半

②打越が他の句なら、三句目は他の句以外を付ける。

青い瞳に似合う籐椅子　千惠子（三夏）　他

言葉などなくてもいいわ私たち　辰男（雑）　自他半

連理の枝は絡まりを増し　千惠子（雑）　場（無）

枝落とす庭職人の息白く　浩一（三冬）　他
　熱燗の湯気鼻をくすぐる　宣勝（三冬）　自
うつつにも夢にも浮かぶ招き猫　辰男（雑）　自
名匠で知られる杜氏の寒仕込み　越女（晩冬）　他
　高野豆腐の旨味噛みしめ　水魚（雑）　自
最近の若い奴らにゃ骨がない　辰男（雑）　自他半

③打越が自他の句なら、三句目は自他半の句以外を付ける。

定年を迎えて決める夫婦の日　辰男（雑）　自他半
　塵も残さず煤を始末し　陽子（雑）　自
高窓をひらりと横切る冬の蝶　辰男（三冬）　場（無）
恋人はどこか無口な医学生　千惠子（雑）　自他半
　鬼手仏心に憧れていて　辰男（雑）　他
スッポンの首を一気にざっくりと　千惠子（雑）　自

やっと見つけた若き弁護士　水魚（雑）　自他半
先生は紺の背広で決めている　歌子（雑）　他
黴の宿にも月あかり差し　恵美子（仲夏）　場（無）

④打越が場の句なら、三句目は場の句以外を付ける。

秋刀魚を咥え猫の飛び出し　浩一（晩秋）　場（無）
会心のショットで挑む芸術祭　恵美子（晩秋）　自
オンとオフとの使い分け良く　陽子（雑）　自

陳列室に並ぶ宝物　辰男（雑）　場（無）
国会の投票まるで回る寿司　水魚（雑）　場（無）
声のデカさで褒められている　酔山（雑）　他

雨蛙たらいの中に五六匹　恵美子（三夏）　場（無）
庭にたわわの茄子を摘み取り　美智子（晩夏）　自
名月に妻の黒髪美しく　宏平（仲秋）　自他半

(2) 三句以上に渡る展開（差合と去嫌）

三句以上離れていても、同じような句が近くにあると、目障りになることがあります。打越の差合（さしあい）と同様に、着想、題材、言語の差合に分かれます。

① 着想の差合

・一巻の中に同じ着想のものがある場合。

② 題材の差合

・同じ題材が近くにある場合。

これを防ぐために、「去嫌（さりきらい）」が定められています（一〇二頁）。

③ 文字の差合

・一巻の中で同じ文字が近くにでてくる場合。

＊基本は「同字三句去」です。これは「一度出た漢字は三句隔てないと使わない」という意味です。ただし、印象の強い特別な文字（夢・竹・涙など）は「五句去」だったり、一巻に一度しか使えないものもあります（一〇三頁）。

同じ題材や文字は最低三句離れるまでは使わない（三句去）のが基本ですが、連句は変化が基本ですから、もっと隔てたほうがよい場合も多いかもしれません。

4　全体の流れ（序破急）

連句の出来不出来は、一巻全体の流れがうまく行っているかにかかってきます。つまり、全体が平坦にならないためには、一巻の緩急のバランスが非常に大切です。この**連句一巻の流れは「序破急」**で表現されます。

序・破・急の基本的な考え方（根津芦丈による）

初折	表	**序**	裃を付けてかしこまっている気持ち
	裏	**破の一段**	裃は取るが、羽織・袴を付けている気持ち
名残の折	表	**破の二段**	羽織・袴も取り、のびのびと自由を味わう気持ち
	裏	**急**	また羽織・袴を付け、しかも軽々と一巻を仕上げる気持ち

これは、江戸時代に登城する武士を例にした表現です。現代的には、ワークショップなどに初めて参加する気分ととらえ、裃を背広の上着に、羽織・袴をネクタイやワイシャツと考えてもらえばよいと思います。

もう少し具体的に説明します。

序の段としての初表

姿高き発句で始まり、脇より第三へと一転し、軽く四句目で受けます。ここでは、穏やかに付け進みます。

破の段としての初裏と名残の表

縦横の着想、自由な付け、自在な詩材で楽しみます。ある時は急調に、またある時は緩調に。楽しいこと、悲しいことなど、変化の百態を尽くします。

歌仙や二十韻のように二枚の懐紙からなる懐紙式では、破の段をさらに「破の一段」(初折の裏)と「破の二段」(名残の表)とに分けることがあります。この場合、一段よりは二段において、より暴れてクライマックスをつくるように、変化をつけます。

急としての名残の裏

破の段の大波乱の余韻を受けて、次第に調子を整え、最後の一句ないし二句において、のどかに、のびやかに、めでたく一巻を終えるように工夫します。

三句の渡り　―変化する心・戻らない心―

連句は、前句に次の句を付けるという行為を繰り返します。その際、付句は前句から得たインスピレーションを元に付けますが、前句の説明になり過ぎないように注意する必要があります。そして、それぞれ独立した二句が肩を並べたときに、思いもよらない別の世界が広がってくる、そんな驚きと発見が大切で、その繰り返しが連句の基本です。

二句の関係の繰り返し、と書きましたが、それはまた言い換えれば、前句の付句が、次の付句の前句になる、という重層性を孕んでいます。つまり、前句→付句（前句）→付句（前句）→付句、と、前句と付句の関係（付合）が一句の前後で常に重層的に繰り返されるわけで、ここに「三句の渡り」という概念が生じてくるわけです。これがまた連句の楽しい点なのですが、実は、連句の創作の現場で最も難しいのがこの点で、連句の鑑賞において最も難解で誤解が生じやすいのもこの点だと思います。

「三句の渡り」は、すでに述べたように、一句の前後で生じる前句と付句の関係の重層性のことですから、むしろ「付合の重なり合い」という言い方のほうがわかりやすいかもしれません。つまり、「付合」が二句の関係であるのに対し、「三句の渡り」は三句の間に生じる重なり合う二つの付合の関係により生じるからです。

さて、その付合の関係を考えるときには、『歌仙は三十六歩也。一歩もあとに帰る心なし。

行にしたがひ心の改は、ただ先へ行心なればなり』という芭蕉の言葉が参考になります。歌仙の三十六句は、一歩も後戻りすることなく、変化を求めて付け進むことが大切だというわけです。つまり、二つの付合の関係にあっても、もっとも大切なのは「変化する心」です。

少し、具体例をあげてみると。たとえば次の三句において、

風細う夜明がらすの啼きわたり　岱水A

家のながれたあとを見に行（く）　利牛B

鯲汁わかい者よりよくなりて　芭蕉C（『炭俵』より）　＊鯲（どじょう）

ABの付合は、前句の寒々とした風景からインスピレーションを得て、洪水の様子を付けたもので、二句合わさって洪水のあとの村の風景が立体的に浮かび上がってきます。さて、その次の芭蕉の句は、前句に登場した人物に視点を移して、災難で怪我をしたか疲れて寝込んだ人物が、泥鰌汁を食べて精を付けているという話になっています。前の付合が寒々とした点で響きあっていたのに対し、こちらの付合は人物の動きが主眼ですし、前の付合が空間的であるのに対し、こちらは時間的といえるでしょう。このような、二つの重なり合う付合における変化がでた場合に「転じた」ということがいえるのではないかと思います。

一般には、「転じ」については、中央の一句を軸にした前後の句の変化で表現され、前二句の世界から次の句がいかに変化しうるか、いかに一句目（打越）に戻らないかという観点で説明さます。そして、それが上手く行かない場合を、「打越に障る」とか、「観音開き」というふう

に表現します。しかし、これを、二つの重なり合う付合の変化として考えれば、もっとすっきりするのではないでしょうか。そうであれば、連句が、一句の面白さから始まり、二句の付合の面白さに発展し、さらに付合の重なり合いの面白さへと広がっていく、そんな重層構造を持った文芸であるということが見えてくるのではないかと思います。

実は、連句のこの重層的な付合の変化は三句だけに留まりません。つまり、さらに次の一句が加わることで、付合いの重層性は、次へと受け継がれていくことになるわけです。こうして、次へ次へと重層的な付合は、水面の波紋のように広がっていき、一巻の連句が出来上がります。

唐揚げの茶翅ゴキブリ山に盛り　陽子
　快気祝に鼻歌も出て　浩一
運命の升田八段二六銀　郁子
　座敷童子はじっと見てゐる　義房
角巻ににっと微笑む魔女の影　明雅（歌仙「雪国の」より）

では、この波紋のように広がる付合の重層構造を支える精神は何でしょうか。まさに、それこそが「変化する心」であり、「戻らない心」ということができるでしょう。付合の変化のために人情自他が問題にされるのも、結局はこの付合の重なり合いが、後戻りせずに波紋のように広がるための工夫なのです。

第四章　式目

1　句数と去嫌

これまで述べたような連句の約束をまとめたものが「**式目**（しきもく）」です。つまり、連句のルール（きまり）です。

・式目の中でもっとも代表的なものは、**句数**と**去嫌**です。

句数（くかず）　同じ部類の句を何句まで続けることができるか、あるいは何句以上続ける必要があるかのルールです。例えば、

春・秋は三句以上続けなければならないが五句まで続けてもよい。

夏・冬は一句でもよいが三句まで続けてもよい。

というものです。

去嫌（さりきらい）　観音開きを避けたり、一巻の変化や調和のために、同じ無類の句を最低何句隔てなければならないかを示すものです。「○句去」という表現をします。例えば、

月の文字は五句去　五句以上離さないと月の字は使えません。

国名は二句去　二句以上離さないと別の国名を使えません。

最低限、覚えておくべき句数と去嫌は、次のものです。

句数

・春と秋の句数は三～五句（ふつう三句）とし、季戻りを嫌う。
・夏と冬の句数は一～三句（ふつう一～二句）とし、季戻りを嫌う。
・恋の句は二～三句。一句で捨てない。

去嫌

・春と秋は同季五句去。夏と冬は同季三句去。
・同字三句去、ただし、月・夢・涙などの印象の強い文字は五句去。
・神祇・釈教・恋・無常・述懐・懐旧・妖怪・病体・時分・夜分は三句去。
その他の題材は二句去。

なお、式目は、連句の形式（歌仙など）によっても変わってきます。たとえば三十六句の歌仙より短い、二十韻では、春や秋の句を五句も続けると、一巻の四分の一を、その季にしてしまうため、変化に乏しくなってしまいます。またさらに短い新しい形式では、古い式目にかなり自由なものもあります。

基本的には、観音開きにならないようにすること、同想に近い句はできるだけ作らないか、ある程度離すこと、同じような素材はできるだけ離して使うこと、同じ文字はできるだけ使わないこと、を心がけます。たとえ式目に抵触しなくても、近いと思うものは、できるだけ離して用いると、変化に富んだ連句になります。

（参考）芭蕉のころの式目（表は芭蕉の歌仙の句数と去嫌を示したもの）

句数＼去嫌	二句去	三句去	五句去
一～二句	降物、聳物 人倫 名所、国名 同生類、同植物	同時分	
一～三句	夏季、冬季 神祇、釈教 夜分	述懐、無常 山類、水辺 居所	
二～三句		恋	
三～五句			春季、秋季

2　その他の式目

句数と去嫌以外で注意すべき主な項目を次に示します。

①表六句には出せないもの（四三頁）

名所・国・神祇・釈教・恋・無常・述懐・懐旧などの素材は表には出しません。ただし、発句については、こうした素材を用いてもかまいません。

②一巻に一回しか使えないもの

・印象の強い植物。柳、梅、桜、桃、山吹、若葉、牡丹、紅葉、菊、水仙、芭蕉など

・印象の強い動物。鶯、蝶、蝸牛、時鳥、蛍、松虫、鈴虫など

・印象の強い言葉。鬼、龍、狼、血、屍、幽霊、天狗など

・素春（花の句のない春の句の並び）・三季移り・数字の三句続きなど

③一巻にしてはならないもの

・素秋（月の句のない秋の句の並び）

参考　式目歌（しきもくうた）

隔てなければならない語や句の約束をまとめて、歌にしたものです。連歌の時代からいろいろな式目歌が知られていますし、その規則も時代や形式によってまちまちですが、ここでは、覚えていると少し役に立ちそうなものを示しました。以下に、少し説明を加えながら紹介します。

1　**名所　国　神祇　釈教　恋　無常**
　　述懐　懐旧おもてにぞせぬ

これについては四三頁にすでに述べました。

2　**衣季や竹田のけふり夢なみだ**
　　月　松　枕　舟は五句去

去嫌。五句去の素材を並べたものです。この歌では、衣（身に着けているもの）、季（季節に関するもの）、竹（草類と菌類）、田（名所を含む地理）、煙（雲、虹、炎など聳物）、夢（思いや睡眠）、泪（人倫や情け）、月（時間や天象）、松（樹木）、枕（器物など）、舟（居所、旅、乗り物など）は五句去と言っています。

3　**同じ文字、神祇、釈教、恋、無常**
　　夜分、時分、三句去るべし

去嫌・三句去りの素材を列挙したものです。

4
天象《てんしょう》に聳《そびき》、降物《ふりもの》、人倫《じんりん》や
名所、国名、二句隔べし

去嫌。二句去とする素材です。天象は「月・日・星・天の川・空」など、降物は「雨・露・雪・霜」など、聳物は、「雲・霞・虹・蜃気楼・稲光・陽炎」など、人倫は「人間の肢体、地位、身分、職業、言動」などです。

5
魚と鳥、獣と魚、木と草や
草と竹とはこれも二句なり

去嫌ですが、動物や植物でも、魚と鳥、獣と魚、木と草、草と竹のように種類が違うならば二句去でもよいという歌です。

6
天象は月日星なり　聳《そびき》には
霞雲霧煙《かすみくもきりけむり》なりけり

天象と聳物を説明した式目歌です。

7
降り物は雨露霜に雪時雨《ゆきしぐれ》
みぞれ雪丸《あられ》に雪と知るべし

降物とは何かを説明した式目歌です。

連句と式目　―輪廻をさける知恵―

連句は約束事が多くて面倒だ、としばしば言われます。確かに連句を巻こうとすると、「式目」という煩雑なルールが目の前にあらわれてきて、がんじがらめにされたような気分になりがちです。これが連句の敷居が高いと思われる原因の一つにもなっているのかもしれません。しかし、実は連句のもっとも大切な約束事はただ一つ、「自由な連想で句を繋げること」に尽きるのです。このことが自然と出来るのであれば、式目なんて気にしなくてもいいのです。

実際に式目の内容を眺めると、同じ言葉や事柄を一巻の中で何回用いてよいとか、用いるならば何句離して用いるべきか、続ける場合は何句まで許されるか、といったものがほとんどです。では、どうして、細かな式目が必要なのでしょうか。それは、どうも人間の脳というものが、とかく過去に振り回されたり、堂々巡りに陥ったりするようにできているためではないかと思います。

ここで、少し視点を変えて、連句でしばしば陥りやすい二つの後戻りの連想、いわゆる「輪廻（りんね）」について考えてみましょう。

一つめの輪廻は、連続する三句のあいだで生じる連想の後戻りで、「打越」とか「観音開き」とよばれます。連想ゲームで喩えれば、「梅」に「鶯」を連想したその次に、また「梅」を連想してしまうようなことで、梅―鶯―梅と後戻りすることになります。言葉（句）の並びが左右対称の開き戸の姿に見えるので「観音開き」と呼ばれるわけです。これには程度があり、文字の観音開きから、素材の観音開き、さらにイメージ（着想）の観音開きとさまざまですが、連句で句を付ける際に、もっとも気をつけなければならないポイントです。

もう一つの輪廻は、「遠輪廻（とおりんね）」と呼ばれるものです。三句の間で堂々巡りが起きなくても、少し離れたところで、同想の句が詠まれることをいいます。これは短い連句であれば起きにくいのですが、二十韻（二十句）、短歌行（二十四句）、歌仙（三十六句）と長くなると、陥る確率がどんどん高くなります。「自由な連想」こそが連句の本質であるとするならば、このような後戻りは、連句全体の精彩が失われる致命的な傷となるわけです。

そこで、日頃われわれが陥りそうな、こうした事柄を備忘録として書き足していくうちに出来てきたのが式目なのだと思います。じつは、式目は、連句のもとになる「連歌」が生まれた時代から脈々と受け継がれたもので、それが、「俳諧の連歌」、すなわち連句に受け継がれ、多少制約が緩やかになりながら、出来上がってきたという歴史があります。したがって、そこには先人のいろいろな知恵が詰まっています。とはいえ、始めに「べからず」（束縛）をたくさん並べたてられると、楽しいものも楽しくなくなるし、さらには拒否反応を示したくなりますね。

だから、最初はそんなことは気にせずに、自分の気ままな連想で付けて楽しむことも大切だと思います。そもそも連句全体の流れは捌き手に任せればよいでしょうし、輪廻の落とし穴には誰でも落ちるので、連衆どうしで補い合えばよいでしょう。連句はチームワークです。連句の場とは、そんな共同作業に満ちているところが面白いし、また楽しいのだと思います。同想に陥らないこと、あたかも車窓の景色のように、戻らずに前に前に進む気持ちを大切にしながら、しかしのびのびと連衆みんなで連句を楽しみたいものです。

第五章　連句実作　二十韻『どっぺり坂の巻』

連句で気を付けることは、

1．それぞれの句の独立したおもしろさ
2．隣の句との関係のおもしろさ
3．三句目の展開のおもしろさ
4．全体の流れのおもしろさ

の四点です（七〇頁）。最初は細かなルールを気にしすぎないで、仲間で楽しむことを大切にしたいものです。ここでは実作の参考に実例を紹介します。

二十韻　どっぺり坂の巻

オ

炎天やどっぺり坂の急階段　美智子
街を包んで止まぬ蝉の音　辰男
友来たる無人の駅に降り立ちて　千早
白いパンツに花柄のシャツ　和花

ウラ

異国にて都の月を懐かしむ　英二
教会のある山は粧い　まり
祝われてライスシャワーを浴びる秋　り
拗ねて甘えてお茶をねだられ　花
三毛という我が家の犬はまだ二歳　男
垣根越しから渡すお返し　美

名オ

日韓の関係いよよ冬に入る　二
海渡りゆく凍空の月　美
献立を悩みに悩みストライキ　花
スーツケースは別便で出し　早
一億円ぐらいは入っているみたい　男
連覇続ける横綱の意地　早

名ウ

休日はほんのちょっぴり酒を酌み　男
蝶の採集 子等を引き連れ　美
園内の河馬の欠伸に花の散り　二
ランチに並ぶのどかなる列　り

（令和元年八月三日首尾、於 新潟 砂丘館）

炎天やどっぺり坂の急階段　　美智子　晩夏　人情無

発句は即時即詠が基本で、その場の雰囲気が伝わるような挨拶の句です。この連句を興行した砂丘館は「どっぺり坂」と呼ばれる坂の上に立っています。この坂を上ったすぐ左脇に、かつて旧制新潟高等学校がありました。坂にある階段は五十九段で、及第点の六十点に一点足りないことから、落第するという旧制高校の隠語「ドッペる」にちなんで、「どっぺり坂」と今でも市民に親しまれています。これは、ドイツ語の二倍を意味するDoppelという動詞から、同じ学年を二度繰り返すという意味で使われた言葉です。この日は日本列島全体が猛暑に見舞われており、焼けるような空の下、どっぺり坂の五十九段の急な階段を上るのも、なかなか大変でした。「炎天」で晩夏。

炎天やどっぺり坂の急階段　　無
門をくぐって止まぬ蝉の音　　**辰男　晩夏　自**

脇は発句の挨拶に対する応対の句です。発句と同季で、発句で言い残した部分を見出して付けます。そこで、どっぺり坂の上に鳴きしきる蝉の音に着目して、発句に軽く添えました。「蝉」で晩夏。

炎天やどっぺり坂の急階段　　無

門をくぐって止まぬ蟬の音　自

友来たる無人の駅に降り立ちて　千早　雑　他

第三。発句と脇の世界から大きく転じ、ここから空想の翼を大いに広げます。発句と脇が夏だったので、ここは雑の句にしました（夏の句は二句程度）。また、第三は通常「に」、「にて」、「て」などで終わるようにし、「角のてにをはを切る」ことが望ましいとなっています。そこで「友来る／無人の駅に降り立ちて」で大山体になっています。

門をくぐって止まぬ蟬の音　自
友来たる無人の駅に降り立ちて　他
白いパンツに花柄のシャツ　和花　雑　他

四句目は軽く付けます。前の句の友の姿を想像した「其人の付」となりました。

友来たる無人の駅に降り立ちて　他
白いパンツに花柄のシャツ　他
異国にて都の月を懐かしむ　英二　三秋・月　自

初折の裏に入ります。式目歌に、「名所、国、神祇、釈教、恋、無常、述懐、懐旧、表にぞせぬ」とあるように、初折の表にはいろいろな制限がありました。しかし、ここからは、「序、破、急」の破の段に入るので、のびのびと巻きたいところです。ところで、二十韻ではここは「裏移りの月」の座なので、月の句を詠む必要があります。そこで、前句の派手な服装に外国の雰囲気を感じ取った「其場の付」の月の句にしました。単に「月」と詠めば三秋ですが、名月（仲秋）の雰囲気もありますね。

白いパンツに花柄のシャツ　他
異国にて都の月を懐かしむ　自
教会のある山は粧い　まり　三秋　無

秋の句は三句続けます。前句の異国の風景に、紅葉に包まれた山間の教会の風景を付けた「其場の付」です。「山粧う」で三秋。

異国にて都の月を懐かしむ　自
教会のある山は粧い　無
祝われてライスシャワーを浴びる秋　り　三秋　自他

前句を恋の呼び出しと受け止めて、ここでは教会での結婚式の風景（其場）と人（其人）を付けました。これで明確な恋句の付けです。ここまでで秋三句。

教会のある山は粧い　　無
祝われてライスシャワーを浴びる秋　　自他
拗ねて甘えてお茶をねだられ　　花　雑　他

恋の句は一句で捨てないで、できればもう一句、恋の句を付けます。新婚の二人の暮らしをイメージして付けました。「其人の付」です。

祝われてライスシャワーを浴びる秋　　自他
拗ねて甘えてお茶をねだられ　　他
三毛という我が家の犬はまだ二歳　　男　雑　自

恋から離れます。ここでは、ねだっているのが人間ではなく愛犬であるとしたわけです。いわゆる「三毛犬」です。茶、白、黒のトライカラーの犬は珍しいといえば珍しいですが、見られなくもありませんし、少しユーモラスさを添える意味で、そんな子犬をイメージしました。

拗ねて甘えてお茶をねだられ　　他

三毛という我が家の犬はまだ二歳　　　　　　　　　自
垣根越しから渡すお返し　　　　　**美　雑　自他**

初折の折端です。犬が飼われているマイホームを思い描いて付けたのがこの句です。サザエさんに出てくる近所づきあいで、垣根越しにお隣さんとやりとりをしている、のんびりとした風景です。

三毛という我が家の犬はまだ二歳　　　　　　　　　自
垣根越しから渡すお返し　　　　　　　　　　　　自他
日韓の関係いよよ冬に入る　　　　**二　三冬　無**

ここから名残の折に入ります。お隣さんとの関係に触発されて、「日韓関係」という時事の句が出てきました。冬の句。

垣根越しから渡すお返し　　　　　　　　　　　　自他
日韓の関係いよよ冬に入る　　　　　　　　　　　無
海渡りゆく凍空の月　　　　　**美　三冬・月　無**

冬の句が出てきたので、ここで冬の月の句を付けることにしました。二十韻では、名残の折に月の句が一句必要だからです。前句の寒々しい関係に添えるような月の句です。「凍空」で三冬。

日韓の関係いよよ冬に入る　無
海渡りゆく凍空の月　無
献立を悩みに悩みストライキ　**花　雑　自**

名残のオモテは、「序・破・急」の流れの中で、破の第二段にあたります。のびのびと元気に山場をつくりたいところです。この句は前句と一見何も関係がなさそうに見えなくもありませんが、並べてみると、どことなく雰囲気が似通っているようにも思えてきます。夫婦喧嘩は、ある意味で思いもよらないきっかけで起こることもありますから、どことなくリアリティがありますね。「ストライキ」を時事と考えると日韓関係と時事の打越となりますが、そこまで深読みしないことにしました。

海渡りゆく凍空の月　無
献立を悩みに悩みストライキ　自
スーツケースは別便で出し　**早　雑　自**

意味付けですが、夫婦げんかで家出をする様子がうまく出ています。しかも荷物を別便で出すとは、なんともオソロシイ光景です。

一億円ぐらいは入っているみたい　男雑他

献立を悩みに悩みストライキ　自
スーツケースは別便で出し　自
一億円ぐらいは入っているみたい　他

打越と前句の関係（夫婦喧嘩）から転じて、ぐっと離れた句にする必要があります。そこで、かつての「三億円強奪事件」やドラマの誘拐事件の「身代金の受け渡し」のようなものを思い浮かべてみました。スーツケースにいったいいくらぐらい入るのだろうかと想像しているわけです。

連覇続ける横綱の意地　早雑他

スーツケースは別便で出し　自
一億円ぐらいは入っているみたい　他
連覇続ける横綱の意地　他

「一億円」という額から、横綱の年収を思い浮かべたのではないかと思います。一般に、横綱の月給は三百万円程度ということですが、連覇を続けていれば報奨金を含めて一億円ぐらいになるのだろうか、と妄想を膨らませているわけです。

一億円ぐらいは入っているみたい　　　　　　　　　他
　連覇続ける横綱の意地　　　　　　　　　　　　　他
休日はほんのちょっぴり酒を酌み　　男　雑　自

ここから名残の裏に入ります。あとはさらさらと付けて終わりたいところです。前句の横綱の人となりを想像して付けた「其人の付」です。

　連覇続ける横綱の意地　　　　　　　　　　　　　他
休日はほんのちょっぴり酒を酌み　　　　　　　　　自
蝶の採集　子等を引き連れ　　美　三春　自他

「花前の句」となりました。もう一句、「其人の付」にしましたが、横綱とは違う人物にしたいので、親子で昆虫採集を趣味とする人物としました。「蝶」で三春。ここから春三句にします。

休日はほんのちょっぴり酒を酌み　　　　　　　　　自
　蝶の採集　子等を引き連れ　　　　　　　　　　　自他
園内の河馬の欠伸に花の散り　　二　晩春・花　無

花の座です。親子で訪ねる動物園は花盛りで、カバが欠伸をする口の中にも桜吹雪が舞っている、という楽しい句ですね。

蝶の採集 子等を引き連れ　　自他
園内の河馬の欠伸に花の散り　　無
ランチに並ぶのどかなる列　　り　三春　　他

挙句は前句と同じ季です。また、前句の花は晩春なので、季戻りとならないように、三春か晩春の季語を用います。「のどか」で三春。哀傷めかず、めでたく仕上がりました。

全体の流れは、「序、破（一段目と二段目）、急」の気持ちで、序の表四句は「呼吸合せ」の部分です。破の一段目は穏やかすぎたかもしれませんが、破の二段目は日韓関係の冷え込み、夫婦喧嘩、スーツケースに一億円、そこから横綱の給料へと、楽しめたのではないかと思います。また、月の句は、初折では異国の月を、名残の折では凍月を詠み、多少変化がつきました。恋は初折では幸せな結婚式の風景を、名残の折では夫婦喧嘩を付けました。激しい恋や情熱的な恋は出ませんでしたが、何でもかんでも派手な恋句を付ければいいというものでもないでしょう。花の句は、カバがでて、なんとものどかですし、全体では品良く、笑いと余韻のある巻になったのではないかと思います。

第六章　芭蕉の言葉

芭蕉の言葉は、弟子たちが生前の芭蕉から聞き書きしたものを、没後に整理して秘伝書として伝えたものです。たとえば『三冊子』は芭蕉の高弟の服部土芳がまとめた秘伝書で、三冊一組で伝えられたためにこの名がついています。多くの部分が「師の曰く」として始まり、芭蕉の声が聞こえてくるようです。

歌仙は三十六歩なり、一歩もあとに帰る心なし（三冊子、しろそうし）

ここでは芭蕉は歌仙の形式を例として、歌仙の三十六句は三十六歩の歩みのようなもので、一歩たりとも後戻りするような気持をもってはいけない、と言っています。

この言葉の続きは、「行くにしたがひ心の改るは、ただ先へゆく心なれば也」（歩いていくにつれて気持ちに変化がでてくるのも、ひたすら前に進もうという気持ちからである）となっています。連句の本質が「付け」と「転じ」の連鎖であるということを端的に言い表している言葉で、観音開きや輪廻を嫌うすべての式目のもとは、これに尽きるのだと思います。

差合の事は時宜にもよるべし（三冊子、しろそうし）

連句の「差合（さしあい）」、すなわちルールは、その場その場で考えればよい。まずは大雑把に従えばよいのだ、という意味です。

連句のルールは「式目」と呼ばれ、芭蕉の時代までにはさまざまな式目書が出されていたので、弟子たちが蕉門にも式目書が欲しいと芭蕉に頼んだことがあるようです。その時に、「独自の式目を作って無理にこれを守れというのは恥ずかしいことだ」と言った後に、この言葉を付け加えたのでした。

とはいえ、芭蕉がルールを軽視していたわけではなく、式目書はすでにあるものを参考にすれば十分だといったまでのことです。むしろ連句の本質である「付け（二句の関係）」と「転じ（三句の変化）」について、芭蕉はたいへん厳しかったので、芭蕉の本心は、文字でこまごまとルールを定めると、それにとらわれて、自由な発想や、本来の「付け」と「転じ」のダイナミズムが失われてしまう、その結果、形だけにとらわれた作品になってしまうことを嫌ったのだと思います。

松の事は松に習へ、竹の事は竹に習へ（三冊子、あかそうし）

松の句を詠むならば、松をじっと見つめ、松から学ぼうとしなければならない。竹にしても同様である、という言葉です。

どんな句も、頭の中でこねくりまわしているだけでは、絵空事になってしまいます。詠もうとする対象物を先入観なくじっと見つめ、何かの発見をしようとする。そこに真実が表れて、共感が得られる句ができてくるのではないでしょうか。

たとえば三日月は夕方か明け方に空低くに現れます。その風景にきちんと接していれば、真夜中に三ケ月が空高く見えるような句はあり得ないことになるのですが、ときどきそんな付句に出会ったりします。日々、物事を観察することで感性を磨くことに心がけたいものです。

虚に居て実を行ふべし（風俗文選）

「虚」、つまり想像の世界で、「実」、すなわち真実を表現することが大切である、という言葉です。

芭蕉の言葉を伝える書物としては、すでに述べた『三冊子』のほかに向井去来の『去来抄』が有名です。しかし、それ以外にもいろいろな書物が知られており、この虚実の言は、森川許六が芭蕉の十三回忌に出した俳文選集『風俗文選（本朝文選）』に見られます。

連句はなによりも虚々実々が面白いのです。しかし、あまりにもあり得ない作り話では共感は得られません。虚々実々というのは、嘘かホントかわからないから面白いわけで、その点では、虚にもどこかにリアリティのスパイスがなければ本当の面白さは出てこないものです。

ところで、この芭蕉の言葉は、次に続く「実に居て、虚にあそぶ事は難し」と対になっています。こちらは、実景や実体験を付ける場合のことですが、それは事実にとらわれ過ぎるので、虚の世界を楽しむ余白を加えることはかえって難しい、ということではないかと思います。

どんなに荒唐無稽な付句でも、根底に真実が潜んでいなければならないし、単なる事実の記載だけの付句では共感は得られないということを痛感させられる言葉です。

心の作はよし、詞の作は好むべからず（三冊子、くろそうし）

「作」を作意と考えるなら、作意の心（工夫）を持つことはよいが、作意の言葉を好んではならない、ということになりますし、一方で、「作」を「作る」という意味にとるならば、心の内からでてきた句はよいが、言葉に頼って句を作りたがるのはよくない、という言葉になります。

いずれにしても、言葉遊びだけの句、単にうわべの言葉だけの句、作意をあらわにして言葉を飾った句は良くないということではないでしょうか。

俳諧の益は俗語を正すなり（三冊子、くろそうし）

連句の有益な点は、日常の言葉を詩歌の世界に取り入れて、正しく使うことである、という言葉です。

「俗語」は「雅語」に対する言葉です。古く和歌に用いられてきた言葉が雅語であり、多くは大和言葉です。一方、俗語は日常に使われている言葉で、芭蕉の時代であれば、方言や新語のほかに外来語としての漢語なども含まれます。例えば、「山並み」や「みなも」は雅語であり、「地べた」、「銭（ぜに）」、「山脈（さんみゃく）」などは俗語です。

連句はもともと「俳諧の連歌」、すなわち、それまで公家貴族を中心に行われていた「連歌」を、江戸時代に庶民の文芸に広げたものでです。したがって基本的なルール（式目）は連歌を踏襲しています。その中で、連歌と連句の大きな違いの一つは、従来の雅語でできた連歌に俗語を積極的に取り入れたことです。つまり、日常使われる言葉としての口語や、方言、新語、漢語などを意識的に取り入れるようになったのが「俳諧の連歌」です。

このように俗語は「俳言」であり、そこに諧謔を見出しきたのが初期の俳諧ですが、芭蕉はさらに詩情を盛り込もうとしました。その点で、この「俗語を正す」という言葉には深みと重みがあります。この言葉の次に「つねに物をおろそかにすべからず」とあるのですが、日々の観察により何かの発見を盛り込もうとする芭蕉の姿勢が感じられる部分です。ただ面白可笑しく、新語や流行語を使えばいいのではないと戒めているのです。

謂い応せて何かある（去来抄、先師評）

『去来抄』は向井去来が、芭蕉没後にまとめた俳論書で、去来が折に触れて芭蕉から聞いた句評などが、エピソードを含めて記されています。

さて、この言葉がでてくるエピソードの最初は、芭蕉の高弟であった其角の選集に、

　下臥につかみ分けばや糸桜　巴風

という句があるが、どうして其角はこの句を選んだのだろうと去来に聞いたところから始まっています。

「下臥（したぶし）」は物陰に臥せっていることですから、この句は糸桜の下に臥せっていると、その枝をより分けないと中に埋もれてしまいそうなぐらい立派に咲き誇っている、というような意味になります。この大仰な感じはいかにも派手な其角好みの句です。去来も、糸桜が咲き誇っている様子をよく言いつくしているので、素晴らしい句なのではないかと答えたのですが、その時に芭蕉から発せられたのがこの言葉でした。「言いつくしてしまって、それに何の意味があるのか」という手厳しい言葉です。

この話は、芭蕉の有名な「古池や」の句の成立の経緯をも思い出させます。各務支考の俳論書『葛の松原』によれば、芭蕉は最初、下七五の「蛙飛こむ水の音」を作り、こ

の上五をどうするべきかを思案していたそうです。そして其角に尋ねたところ、「山吹や」と即座に付けてきたのでした。しかし芭蕉はそれを良しとせず、しばらくして最終的に「古池や」と治定したという話です。

これらの挿話をどう解釈するかは、人によって異なると思いますが、少なくとも、発句には脇に残す余白と深みが必要だということを芭蕉がいかに大切にしていたかを示しているのだと思います。もちろんこうした要素は、発句だけではなく、付句にも必要なものです。

新しみは俳諧の花なり（三冊子、あかそうし）

一句の新しい味わいこそが連句に華やぎをあたえてくれる、という言葉です。

この言葉そのものは、『三冊子』の著者である土芳の言葉として出てくるのですが、これに続いて、古い句は花が咲かないまま古びた木立のようだということを土芳が語り、「師である芭蕉が何かを願って痩せられたのも、きっとこの新しみに心血を注いだためだ」と述べていることから、おそらく似たようなことを芭蕉が話したのだと思います。

私は、この「新しみ」を「発見」ということばに置き換えてみたくなります。土芳はさらに、「責めて流行せざるは新しみなし」（つねに心がけていないと新しみは出てこない）とも述べていますが、「新しみ」を「発見」と考えればわかりやすいでしょう。日々の観察による発見が、連句に華やぎを与えてくれるということを大切にしたいものです。

不易流行そのもと一つなり（去来抄、修行教）

連句には不易（不変）の句と流行の句があるが、その根元は同じである、という言葉です。

この言葉は、『去来抄』の中で、去来と魯町の問答として、蕉風における「不易の句」と「流行の句」について議論される個所に出てきます。まず、去来が「不易の句と流行の句は根元は同じ」といったことで、不易流行の根元が一つとはどういうことだろうか、と魯町が去来に聞いたのでした。

不易流行を論じた同様の記載は、『三冊子（あかそうし）』にもあり、「師の風雅に万代不易あり。一時の変化あり。この二ツに究り、其本一つ也。その一つといふは風雅の誠也」となっています。したがって、この不易流行の考えは芭蕉が唱えたことだとわかります。不易と流行は反するように見えるが、根本において二つは同じである。そして、それが「風雅の誠」、すなわち俳諧の本質だというのです。

何事においても、変わらないもの、つまり不易が根本原理にならなければならない。その一方で、その根本原理を支えるのは、単に伝統や形式の継承ではなく、新しみや革新である。そう言いたいのだと思います。伝統は革新の連続によって守られる、という精神と共通するものがあります。

句に一句も付かざるなし（去来抄、修行教）

付いていない付句というものはない、という当たり前の言葉です。

『去来抄』のこの部分は、支考の「付句は付けるものなり」という語りかけから始まります。さらに彼は、今の俳諧は付いていない句が多いのだがどうしたものだろう、と去来に問いかけ、「先師の曰く、句に一句も付かざるなし」と芭蕉の言葉を持ち出しています。

これに対して、去来は、「付句は付かざれば付句にあらず、付きすぎるは病なり」（付句は付いていなければ付句ではない。しかし付き過ぎるのは病気である）と答えます。そして、「このごろの作者は、付いてしまうのは初心者と思って、付いていない句を作るものが多い。しかも付いていない句は誰も咎めないで、付き過ぎている句ばかりを笑う風潮がある」と嘆いているのです。現代にも通じる、なかなか本質的な指摘だと思います。

一夜のほど幾ばくかある（去来抄、先師評）

「連句を楽しむために用意した一夜の時間がどれぐらいあると思っているのか」、と芭蕉が去来を叱責した言葉です。

ある日、芭蕉と去来が初めて招かれた家での興行で、発句を所望された去来が詠みあぐねているのを見かねて、代わりに芭蕉が発句を詠んだとのことです。その後、この興行が終わってから去来は芭蕉に夜を徹して怒られたのでした。

「たまに客として招かれる会なら、もしものことを考えて、発句の一つぐらい用意しておかなければならない。そして発句を所望されたら、上手下手を問わず、早く出さなければならない。一夜の時間がどれぐらいあると思っているのか。お前が発句を出さずにぐずぐずしていたら、今夜の会は巻き終わらずに終わった。無風流の極みだ。だから、お前の代わりに発句をだした」と、この文面を読むだけでも、芭蕉の怒る様子が怖いほど伝わってきますし、そこまで怒らなくても、と去来に同情したくなるぐらいです。一方で、芭蕉がいかに一座を大切にしていたかがよくわかる話だと思います。

文台引き下ろせば即ち反古なり（三冊子、あかそうし）

一座の連句が巻き上がってしまえば、それは書き綴った控えなど、もうただの紙くずに過ぎない、という意味です。「文台」は連歌や俳諧の席で短冊や懐紙をのせる台のことですが、ここでは連句の興行そのものを指しています。

この言葉は、芭蕉が「学ぶことは常にあり」と言った話から始まります。連句の上達のために学ぶ事はいたるところにある。そして、日頃精進していると、一座に及んで、思ったことを即座に詠みだすことができるようになるし、迷うこともなくなるだろう、という話です。このように連句は一座における即時即詠が大事で、終わってしまえば懐紙の中身などどうでもよくなると話したそうです。

これも、芭蕉がいかに一座の興行を大切に思っていたかが伺える挿話です。文音ばかりを行っていると、自身の句の巧拙ばかりが気になっていて、連衆の心の響き合いを忘れてしまいがちになりがちです。そんなときに、私はこの言葉を思い出して、自分を戒めることにしています。

句ととのはずんば舌頭に千転せよ（去来抄、同門評）

句の調子がうまくない時は、千回ぐらい口ずさんでみるとよい、というわけです。私は、芭蕉でもそうだったのか、と思いながら付句を考えるようにしています。

一見、先に挙げた「一夜のほど」や、「文台引き下ろせば」の話と矛盾しているようにも見えますし、即時即詠とは相反するようにも見えるかもしれません。ただ、どんなときにも手を抜かない芭蕉の「言葉に対するこだわり」をよく表していると思います。

じつは芭蕉は「文台を引き下ろせば反故」などと言いながら、巻き上がった連句を『猿蓑』や『炭俵』などとして刊行する際には、執拗なまでの推敲を行っていました。そのこだわりは、なかなかすさまじいものがあります。

巧者に病あり（三冊子、あかそうし）

この言葉そのものは、『三冊子』の著者、服部土芳の言葉です。しかし、そのすぐ後に、「師の詞にも俳諧は三尺の童にさせよ、初心の句こそたのもしけれ」（連句は小さい子供にさせたほうが良い）とあり、芭蕉の言葉の言い換えであることがわかります。もちろん、「三尺の童」とは誇張した表現で、子供ならみんな良い連句が巻けるというわけではありません。しかし、座の文芸としての連句を愛し、「はらみ句」（あらかじめ用意しておいた句）を嫌った芭蕉の精神をよく言い表しているのではないかと思います。そして、技巧に走るな、連句は子供にさせよという言葉は、晩年の芭蕉が「軽み」を愛したことと呼応しているものです。

古人の跡を求めず、古人の求めたるところを求めよ（許六離別の詞）

先人（昔の優れた人）のやったことの真似をしているだけではいけない。先人が目指していたものを理解してそこに向かうことが大切である、という芭蕉の言葉です。

この言葉は、元禄六年、芭蕉が数え五十歳の時に、門弟であり彦根藩士の森川許六が、参勤交代で江戸を離れる際に芭蕉が餞別に送った言葉とされています。許六は画にも秀でていたので、その腕を褒めて、「古人の跡を求めず、古人の求めたるところを求めよと、南山大師の筆の道にも見えたり」と言ったことになっていいます。南山大師は弘法大師、つまり空海のことですから、その書のすばらしさを例にして、述べた言葉だと読み取れます。

どんなことにしても、ただの真似をしているのでは、先人を乗り越えることはできないし、単に小さくなっていくだけでしょう。いつも心に留めておきたい箴言です。

付録一　季語一覧

連句では、季語の春夏秋冬を各々三期（初・仲・晩）に分けるとともに、三期全体で使える季語（三春・三夏・三秋・三冬）を定めています。また新年は別とします。この一覧では、その分類を、おもに『連句・俳句季語辞典　十七季』（東　明雅他　編、三省堂）の基準によりました。使用する歳時記等により異同がありますので、あくまでも参考と考えてください。

春

春の時候

（三春）
春 はる
春暁 しゅんぎょう
春の朝 はるのあさ
春昼 しゅんちょう
春の夕 はるのゆう
春の暮 はるのくれ
春の宵 はるのよい
　春宵 しゅんしょう
春の夜 はるのよる
暖か あたたか
麗か うららか
　麗日 れいじつ
長閑 のどか
日永 ひなが
遅日 ちじつ
　遅き日・暮遅し

（初春）
立春 りっしゅん
　春立つ・春来る　（二月四日頃）
二月 にがつ
睦月 むつき
旧正月 きゅうしょうがつ
寒明 かんあけ
　（二月四日頃）
早春 そうしゅん
春浅し はるあさし
冴返る さえかえる
春寒 はるさむ
余寒 よかん
春遅し はるおそし
春めく はるめく
獺の祭 おそのまつり
　獺祭 だっさい
　（二月一九—二三日頃）
（仲春）
三月 さんがつ
如月 きさらぎ

啓蟄 けいちつ
　（三月六日頃）
春分 しゅんぶん
　（三月二一日頃）
彼岸 ひがん
　（春分の前後七日間）
社日 しゃにち
　（春分に最も近い戊の日）
花前 はなまえ
木の芽時 このめどき
（晩春）
四月 しがつ
弥生 やよい
花時 はなどき
花冷え はなびえ
花過ぎ はなすぎ
春暑し はるあつし
春深し はるふかし
蛙の目借り時
　かえるのめかりどき
　目借時 めかりどき
弥生尽 やよいじん

八十八夜 はちじゅうはちや
　（五月二日頃）
行春 ゆくはる
　春の果・春尽く
暮の春 くれのはる
春惜む はるおしむ
　惜春 せきしゅん
夏近し なつちかし

春の天象

（三春）
春の日 はるのひ
春日和 はるびより
春光 しゅんこう
風光る かぜひかる
春の空 はるのそら
春の雲 はるのくも
春の月 はるのつき
朧月 おぼろつき
朧 おぼろ
　朧夜・草朧・鐘朧

春の星　はるのほし
春の闇　はるのやみ
春風　はるかぜ
東風　こち
　夕東風・強東風
春荒　はるあれ
フェーン
　風炎　ふうえん
春塵　しゅんじん
霾る　つちふる
　黄沙　こうさ
春雨　はるさめ
　春霖　しゅんりん
　春時雨　はるしぐれ
春の雪　はるのゆき
淡雪　あわゆき
　斑雪　はだれ
春の霙　はるのみぞれ
春の霰　はるのあられ
春の霜　はるのしも
霞　かすみ
　遠霞・夕霞

鐘霞む　かねかすむ
春雷　しゅんらい
陽炎　かげろう
　糸遊・陽炎燃ゆる
春陰　しゅんいん
佐保姫　さおひめ
（初春）
春一番　はるいちばん
（仲春）
涅槃西風　ねはんにし
貝寄風　かいよせ
雪の果　ゆきのはて
　忘れ雪・名残の雪
鳥曇　とりぐもり
初雷　はつらい
（晩春）
花の雨　はなのあめ
菜種梅雨　なたねづゆ
別れ霜　わかれじも
春の虹　はるのにじ
　初虹　はつにじ
花曇　はなぐもり

蜃気楼　しんきろう

春の地理

（三春）
春の山　はるのやま
　春嶺　しゅんれい
山笑う　やまわらう
春の野　はるのの
春田　はるた
　げんげ田・花田
春泥　しゅんでい
春の土　はるのつち
　土恋し・土の春
春園　しゅんえん
春の水　はるのみず
春の川　はるのかわ
春の湖　はるのうみ
春の海　はるのうみ
春の波　はるのなみ
春潮　しゅんちょう
赤潮　あかしお

（初春）
薄氷　うすらい
堅雪　かたゆき
焼野　やけの
焼山　やけやま
（仲春）
残雪　ざんせつ
雪間　ゆきま
雪崩　なだれ
雪解　ゆきどけ
　雪解雫　ゆきげしずく
雪代　ゆきしろ
水温む　みずぬるむ
凍解　いてどけ
氷解く　こおりとく
流氷　りゅうひょう
（晩春）
弥生野　やよいの
苗代　なえしろ
　苗田・苗代田
畦青む　あぜあおむ

春の動物

獣など

（三春）

孕鹿　はらみじか

亀鳴く　かめなく

蛙　かわず
殿様蛙・牛蛙・夕蛙

（初春）

猫の恋　ねこのこい
通い猫・浮かれ猫

（仲春）

熊穴を出る　くまあなをでる

蟇穴を出る　ひきあなをでる

蛇穴を出る　へびあなをでる

（晩春）

子猫　こねこ
孕み猫・親猫

若駒　わかごま

落し角　おとしづの

蝌蚪　かと
蛙の子・お玉杓子

虫など

（三春）

蝶　ちょう
白蝶・紋白蝶・黄蝶
蛇の目蝶・胡蝶

蜂　はち
蜜蜂・足長蜂・熊蜂
花蜂・女王蜂

虻　あぶ

春の蝿　はるのはえ

（仲春）

地虫穴を出づ　じむしあなをいづ

雪虫　ゆきむし

初蝶　はつちょう

（晩春）

春の蚊　はるのか

蝿生る　はえうまる
蝿の子

春の蚤　はるののみ

花見虱　はなみじらみ

蚕　かいこ
桑子・春蚕・捨蚕

春蝉　はるぜみ
松蝉　まつぜみ

鳥

（三春）

春の鳥　はるのとり

鳥の巣　とりのす
巣籠（すごもり）・巣鳥
巣づくり・古巣・巣箱
燕の巣・雀の巣

囀り　さえずり

鳥交る　とりさかる

百千鳥　ももちどり

鶯　うぐいす
春告鳥　はるつげどり

雲雀　ひばり
初雲雀・揚雲雀

鷽　うそ

山鳥　やまどり

春の鵙　はるのもず

雉　きじ

（初春）

海猫渡る　ごめわたる

（仲春）

鳥雲に　とりくもに
鳥雲に入る

鳥帰る　とりかえる
帰る雁　かえるかり
引鶴　ひきづる
引鴨　ひきがも

燕　つばめ
朝燕・夕燕・里燕

孕鳥　はらみどり

（晩春）

抱卵期　ほうらんき

雀の子　すずめのこ

巣立　すだち
巣立鳥

残る鴨　のこるかも

残る雁　のこるかり
頬白　ほおじろ

魚

（三春）
柳鮠　やなぎばえ
諸子　もろこ
鱵　さより
春鰯　はるいわし
（初春）
公魚　わかさぎ
白魚　しらうお
飯蛸　いいだこ
（仲春）
子持鯊　こもちはぜ
彼岸河豚　ひがんふぐ
（晩春）
若鮎　わかあゆ
初鮒　はつぶな
桜鯎　さくらうぐい
桜鯛　さくらだい
魚島　うおしま

鰆　さわら
鰊　にしん
鱒　ます
むつ五郎
菜種河豚　なたねふぐ
花烏賊　はないか
蛍烏賊　ほたるいか

貝など

（三春）
田螺　たにし
蜷　にな
蜆　しじみ
烏貝　からすがい
蛤　はまぐり
浅蜊　あさり
浅利売・浅利汁
潮吹　しおふき
馬刀貝　まてがい
桜貝　さくらがい
細螺　きさご
栄螺　さざえ

常節　とこぶし
磯巾着　いそぎんちゃく
寄居虫　やどかり
望潮　しおまねき
（晩春）
海胆　うに
桜蝦　さくらえび

春の植物

樹木

（三春）
椿　つばき
山椿・白椿・八重椿
伊予柑　いよかん
八朔　はっさく
オレンジ
（初春）
梅　うめ
白梅・盆梅・観梅
紅梅　こうばい
黄梅　おうばい

猫柳　ねこやなぎ
山茱萸の花　さんしゅゆのはな
杉の花　すぎのはな
（仲春）
木の芽　きのめ
芽吹く・芽立ち
柳の芽　やなぎのめ
芽柳　めやなぎ
柳絮　りゅうじょ
柳の花・柳の絮
山椒の芽　さんしょうのめ
枸杞　くこ
楤の芽　たらのめ
楓の芽　かえでのめ
五加木　うこぎ
木蓮　もくれん
紫木蓮・白木蓮
辛夷　こぶし
連翹　れんぎょう
沈丁花　じんちょうげ

初花　はつはな
彼岸桜　ひがんざくら
（晩春）
花　はな
花明り・花吹雪
花便り・花の雨
落花・残花
桜　さくら
山桜・里桜・遅桜
蘗　ひこばえ
柳　やなぎ
糸柳・若柳・柳の糸
柳絮　りゅうじょ
桃の花　もものはな
李の花　すもものはな
杏の花　あんずのはな
桜桃の花　おうとうのはな
枸橘の花　からたちのはな
梨の花　なしのはな
林檎の花　りんごのはな
山桜桃の花　ゆすらのはな

藤　ふじ
山藤・野藤・白藤
藤棚・藤房
花水木　はなみずき
ライラック
木瓜の花　ぼけのはな
躑躅　つつじ
山躑躅・緋躑躅
馬酔木の花　あしびのはな
黄楊の花　つげのはな
海棠　かいどう
通草の花　あけびのはな
郁子の花　むべのはな
楓の花　かえでのはな
松の花　まつのはな
郁李の花　にわうめのはな
雪柳　ゆきやなぎ
山吹　やまぶき
面影草・白山吹
しどみの花

山査子の花　さんざしのはな
小粉団の花　こでまりのはな
木苺の花　きいちごのはな
桑　くわ
桑の花・桑畑
若緑　わかみどり
松の緑・緑立つ
竹の秋　たけのあき

草花
（三春）
雛菊　ひなぎく
（初春）
クロッカス
君子蘭　くんしらん
（仲春）
黄水仙　きずいせん
（晩春）
東菊　あずまぎく

都忘れ　みやこわすれ
桜草　さくらそう
金盞花　きんせんか
勿忘草　わすれなぐさ
アネモネ
パンジー
三色すみれ
スイートピー
ヒヤシンス
風信子　ふうしんし
チューリップ
シクラメン
シネラリヤ
サイネリア・富貴菊
フリージア
ストック
水芭蕉　みずばしょう

野草
（三春）
春の草　はるのくさ
芳草・草かぐわし

菫 すみれ
山菫・菫野・菫摘む
蒲公英 たんぽぽ
西洋タンポポ
薺の花 なずなのはな
ぺんぺん草
繁縷 はこべ
蓬 よもぎ
餅草・蓬摘む
紫雲英 げんげ
五形花（げげばな）
芹 せり
防風 ぼうふう
（初春）
下萌 したもえ
草萌
草青む くさあおむ
蕗の薹 ふきのとう
雪割草 ゆきわりそう
いぬふぐり
片栗の花 かたくりのはな
末黒の芒 すぐろのすすき

（仲春）
草の芽 くさのめ
ものの芽 もののめ
菖蒲の芽 しょうぶのめ
牡丹の芽 ぼたんのめ
芍薬の芽 しゃくやくのめ
蔦の芽 つたのめ
土筆 つくし
虎杖 いたどり
酸葉 すいば
蕨 わらび
薇 ぜんまい
野蒜 のびる
春蘭 しゅんらん
一人静 ひとりしずか
嫁菜 よめな
茅花 つばな
水草生う みずくさおう
蓴生う ぬなわおう
蘆の角 あしのつの
荻の角 おぎのつの
真菰の芽 まこものめ

（晩春）
若草 わかくさ
草若し・若草野
若芝 わかしば
芝青む・芝萌ゆ
草若葉 くさわかば
クローバー
苜蓿 うまごやし
しろつめぐさ
髢草 かもじぐさ
熊谷草 くまがいそう
薊 あざみ
野薊・山薊・鬼薊
一輪草 いちりんそう
二輪草 にりんそう
二人静 ふたりしずか
諸葛菜 しょかつさい
杉菜 すぎな
母子草 ははこぐさ
石蕗 つわぶき
ここみ
草蘇鉄 くさそてつ

作物

（三春）
青麦 あおむぎ
芥子菜 からしな
紫蘇の芽 しそのめ
春菊 しゅんぎく
菊菜 きくな
レタス
萵苣 ちしゃ
蓼の芽 たでのめ
春大根 はるだいこん
春の苺 はるのいちご
みつば
三葉芹 みつばぜり
（初春）
ほうれん草
菠薐草 ほうれんそう
水菜 みずな
（仲春）
茎立 くくたち
三月菜 さんがつな

韮　にら
蒜　にんにく
胡葱　あさつき
（晩春）
菜の花　なのはな
花菜・菜種の花
大根の花　だいこんのはな
豆の花　まめのはな
葱坊主　ねぎぼうず
苺の花　いちごのはな
独活　うど
山独活・芽独活
茗荷竹　みょうがたけ
山葵　わさび

茸・海草など
（三春）
春椎茸　はるしいたけ
若布　わかめ
若布汁・芽株
荒布　あらめ
鹿尾菜　ひじき
海雲　もずく
海髪　うご
青海苔　あおのり
（初春）
海苔　のり
甘海苔・岩海苔
浅草海苔・流れ海苔
（晩春）
松露　しょうろ

春の行事

一般
（初春）
絵踏　えぶみ
踏絵　ふみえ
二月礼者　にがつれいじゃ
針供養　はりくよう
針祭　（二月八日）
建国記念日　けんこくきねんび（二月一一日）
天皇誕生日　てんのうたんじょうび（二月二三日）
納税期　のうぜいき
（仲春）
二日灸　ふつかきゅう　（旧暦二月二日）
雛市　ひないち
桃の節句　もものせっく
雛祭　ひなまつり
雛飾・雛遊・雛段
雛の膳・雛の酒
雛の客・雛の家
（三月三日）
春分の日　しゅんぶんのひ　（三月二〇日頃）
雁風呂　がんぶろ　（青森県の風習）
日迎え　ひむかえ　（彼岸の中日）
入学試験
にゅうがくしけん
受験生・受験期
落第　らくだい
進級　しんきゅう
卒業　そつぎょう
卒業子　そつぎょうし
卒業式　そつぎょうしき
春休み　はるやすみ
入学　にゅうがく
入園・新入生・入学式
新社員　しんしゃいん
入社式　にゅうしゃしき
四月馬鹿　しがつばか
エイプリルフール
万愚節　まんぐせつ
（四月一日）
みどりの週間
（四月二三―二九日）
（晩春）
水口祭　みなくちまつり
苗代祭・種祭
春闘　しゅんとう
曲水　きょくすい
（陰暦三月三日）

鶏合　とりあわせ
闘鶏　とうけい
昭和の日　しょうわのひ（四月二九日）
ゴールデンウイーク
黄金週間　おうごんしゅうかん
メーデー（五月一日）
憲法記念日　けんぽうきねんび（五月三日）
みどりの日（五月四日）

神祇

（三春）
伊勢参　いせまえり
春祭　はるまつり
（初春）
初午　はつうま（二月の最初の午の日）
菜種御供　なたねごく
梅花祭・道真忌（二月二五日）

（仲春）
春日祭　かすがまつり（春日神社　三月一三日）
（晩春）
靖国祭　やすくにまつり（靖国神社四月　二一‐二三日）
どんたく（博多　五月三日・四日）

釈教

（三春）
開帳　かいちょう
遍路　へんろ
（仲春）
御水取　おみずとり
修二会・お松明（奈良東大寺　三月一二日）
涅槃会　ねはんえ
涅槃図・寝釈迦（釈迦入滅、陰暦二月一五日）
彼岸会　ひがんえ
お中日・彼岸詣

（春分の日の前後七日間）
（晩春）
義士祭　ぎしさい（泉岳寺　四月一―七日）
灌仏　かんぶつ
仏生会（ぶっしょうえ）
花祭　はなまつり
花御堂　はなみどう
降誕会・甘茶（釈迦生誕祭　四月八日）
嵯峨念仏　さがねんぶつ
嵯峨大念仏・嵯峨狂言（京都・清涼寺　四月初旬）
十三詣　じゅうさんまいり
知恵詣・知恵貰い（京都・四月一三日）
御身拭　おみぬぐい（京都・清涼寺　四月一九日）
御忌　ぎょき
法然忌・御忌の寺（法然上人の忌日法要、京都・知恩院　四月一八‐二五日）

御影供　みえいく
空海忌・弘法忌（空海の忌日　三月二一日）
壬生念仏　みぶねんぶつ（壬生寺　四月二一―二九日）
鐘供養　かねくよう

宗教

（初春）
バレンタインの日（二月一四日）
謝肉祭　しゃにくさい
カーニバル
（仲春）
聖ヨセフの日（ヨセフの記念日　三月一九日）
御告祭　おつげさい（受胎告知日　三月二五日）
灰の水曜日（イースターから四六日前）
（晩春）
受難節　じゅなんせつ

四旬節・レント
（復活祭の前の四〇日間）
聖週間　せいしゅうかん
受難週　じゅなんしゅう
（復活祭前日までの一週間）
聖木曜日
最後の晩餐
聖金曜日
受難日・受苦日
復活祭　ふっかつさい
イースター・染卵
（春分後の最初の満月直後の日曜日）

忌日

（初春）
良寛忌　りょうかんき（旧暦一月六日）
義仲忌　よしなかき
（源　義仲、旧暦一月二〇日）
実朝忌　さねともき
（源　実朝、旧暦一月二七日）

茂吉忌　もきちき
（斎藤茂吉、二月二五日）
（仲春）
西行忌　さいぎょうき（旧暦二月一六日）
蓮如忌　れんにょき（三月二五日）
利休忌　りきゅうき
（千　利休、旧暦二月二八日）
其角忌　きかくき（旧暦二月三〇日）
（晩春）
虚子忌　きょしき
（高浜虚子、四月七日）
啄木忌　たくぼくき
（石川啄木、四月一三日）
梅若忌　うめわかき（旧暦三月一五日）
人麿忌　ひとまろき
（柿本人麻呂、旧暦三月一八日）
宗因忌　そういんき
（西山宗因、旧暦三月二八日）

春の生活

衣

（三春）
春衣　はるころも
春服　はるふく
春帽子　はるぼうし
春袷　はるあわせ
春コート
スプリングコート
春ショール
春手袋　はるてぶくろ
（晩春）
春日傘　はるひがさ

食

（三春）
菜飯　なめし
目刺　めざし
白子干　しらすぼし
畳鰯・ちりめんじゃこ
干鱈　ひだら
椿餅　つばきもち
春の蜜柑　はるのみかん
（初春）
蕗味噌　ふきみそ
鶯餅　うぐいすもち
（仲春）
田楽　でんがく
田楽焼・木の芽田楽
木の芽和　きのめあえ
蒸鰈　むしがれい
干鰈　ほしがれい
白酒　しろざけ
雛あられ　ひなあられ
菱餅　ひしもち
蕨餅　わらびもち
（晩春）
独活和　うどあえ
桜漬　さくらづけ
花菜漬　はななづけ
草餅　くさもち
桜餅　さくらもち

住

（三春）

春灯　しゅんとう
　春灯　はるともし
　春の灯・春の燭
春障子　はるしょうじ
春煖炉　はるだんろ
春炬燵　はるこたつ
春火鉢　はるひばち
春の炉　はるのろ

（仲春）

釣釜　つりがま
目貼剥ぐ　めばりはぐ
北窓開く　きたまどひらく
雪割　ゆきわり
　雪を割る・雪割人夫
雪囲とる　ゆきがこいとる
　雪囲解く・雪除とる
風除解く　かぜよけとく
橇しまう　そりしまう
屋根替　やねがえ
　葺替　ふきかえ

（晩春）

炬燵塞ぐ　こたつふさぐ
炉塞ぎ　ろふさぎ

仕事

（三春）

耕　たがやし
　春耕・耕牛・耕人
畑打　はたうち
上り簗　のぼりやな
　春の簗　はるのやな
団扇作る　うちわつくる
　団扇貼る

（初春）

山焼　やまやき
野焼　のやき
　野焼く・野火・
畑焼　はたやき
　畦焼く・畦火
芝焼　しばやき
麦踏　むぎふみ
えり挿す　えりさす
磯竈　いそかまど
　磯焚火　いそたきび

（仲春）

農具市　のうぐいち
種物　たねもの
　物種　ものだね
種選　たねより
苗床　なえどこ
苗木市　なえぎいち
苗札　なえふだ
物種蒔く　ものだねまく
花種蒔く　はなだねまく
胡瓜蒔く　きゅうりまく
南瓜蒔く　かぼちゃまく
茄子蒔く　なすまく
牛蒡蒔く　ごぼうまく
麻蒔く　あさまく
芋植う　いもうう
苗木植う　なえぎうう
桑植う　くわうう
接木　つぎき
取木　とりき
挿木　さしき
剪定　せんてい
根分　ねわけ
　株分　かぶわけ
菊根分　きくねわけ
萩根分　はぎねわけ
菖蒲根分　しょうぶねわけ
木流し　きながし
　筏流し　いかだながし

（晩春）

田打　たうち
　田返し　たがえし
畦塗　あぜぬり
種浸し　たねひたし
種蒔　たねまき
種案山子　たねがかし
糸瓜蒔く　へちままく
藍植う　あいうう
蒟蒻植う　こんにゃくうう
蓮植う　はすうう
桑摘　くわつみ
蚕飼　こがい

蚕棚　かいこだな
飼屋　かいや
　蚕飼う・捨蚕
霜くすべ　しもくすべ
茶摘　ちゃつみ
製茶　せいちゃ
利茶　ききちゃ
鮎汲　あゆくみ
鯛網　たいあみ
磯開　いそびらき
　磯の口開　いそのくちあけ
海女　あま
羊の毛剪る　ひつじのけかる

遊楽・情緒

（三春）
摘草　つみくさ
蓬摘む　よもぎつむ
凧　たこ
　絵凧・奴凧
　凧揚げ・凧合戦
風車　かざぐるま
風船　ふうせん
　紙風船　かみふうせん
石鹸玉　しゃぼんだま
ふらここ
　鞦韆（しゅうせん）
　ブランコ・半仙戯
春スキー
春の風邪　はるのかぜ
花粉症　かふんしょう
朝寝　あさね
春眠　しゅんみん
春の夢　はるのゆめ
春愁　しゅんしゅう
　春かなし・春思

（初春）
梅見　うめみ
鶯笛　うぐいすぶえ

（仲春）
観潮　かんちょう
　観潮船・渦潮
蕨狩　わらびがり
　山菜採　さんさいとり
春場所　はるばしょ

（晩春）
磯遊　いそあそび
汐干狩　しおひがり
踏青　とうせい
　青きを踏む
野遊　のあそび
　山遊　やまあそび
　ピクニック
遠足　えんそく
花見　はなみ
　桜狩・花人・花守
　花筵・花疲れ
　花見舟・花の茶屋
花篝　はなかがり
ボートレース
都踊　みやこおどり
蘆辺踊　あしべおどり
浪花踊　なにわおどり
東踊　あずまおどり

夏

夏の時候

（三夏）
夏　なつ
夏の朝　なつのあさ
夏の夕　なつのゆう
夏の夜　なつのよ
短夜　みじかよ
　明易し・明早し
暑し　あつし
　暑気・暑き日
涼し　すずし
（初夏）
初夏　しょか
五月　ごがつ
卯月　うづき
立夏　りっか
　夏に入る・夏来る
　（五月五日頃）
夏浅し　なつあさし
夏めく　なつめく
小満　しょうまん
　（五月二一日頃）
麦の秋　むぎのあき
　麦秋　ばくしゅう
薄暑　はくしょ
（仲夏）
六月　ろくがつ
皐月　さつき
芒種　ぼうしゅ
　（六月六日頃）
田植時　たうえどき
夏至　げし
　（六月二一日頃）
半夏生　はんげしょう
　（七月二日頃）
入梅　にゅうばい
　梅雨時・梅雨寒
白夜　びゃくや
（晩夏）
晩夏　ばんか
七月　しちがつ
水無月　みなづき
小暑　しょうしょ
　（七月七日頃）
梅雨明　つゆあけ
土用　どよう
　土用入・土曜明
　（立秋前の一八日間）
大暑　たいしょ
　（七月二三日頃）
盛夏　せいか
夏日　なつび
真夏日　まなつび
猛暑日　もうしょび
熱帯夜　ねったいや
灼くる　やくる
夏深し　なつふかし
夏の果　なつのはて
　夏終る・行く夏
夜の秋　よるのあき
秋近し　あきちかし
　秋隣・秋迫る
水無月尽　みなづきじん

夏の天象

（三夏）
夏の日　なつのひ
夏の色　なつのいろ
　夏の光・夏の匂
夏の空　なつのそら
夏の雲　なつのくも
雲の峰　くものみね
　入道雲・積乱雲・雷雲
夏の月　なつのつき
　月涼し
夏の星　なつのほし
　さそり座・星涼し
夏の風　なつのかぜ
風薫る　かぜかおる
　薫風　くんぷう
南風　みなみ・なんぷう
　はえ・まじ・くだり
あいの風　あいのかぜ
　（日本海沿岸部に吹く浜風）

出しの風　だしのかぜ
（船出をするのに良い風）
青嵐　あおあらし
（青葉の頃のやや強い風）
夏の雨　なつのあめ
夏雨・緑雨
夕立　ゆうだち・ゆだち
白雨・驟雨・スコール
青時雨　あおしぐれ
夏霧　なつぎり
海霧　じり・うみぎり
夏霞　なつがすみ
雹　ひょう
雷　かみなり
遠雷・いかずち・落雷
雷神・雷鳴・雷雨
虹　にじ
二重虹　ふたえにじ
朝虹・夕虹・虹の橋
（初夏）
卯月曇　うづきぐもり
麦嵐　むぎあらし

卯の花腐し　うのはなくたし
走り梅雨　はしりづゆ
（仲夏）
梅雨　つゆ
梅雨空・梅雨曇
梅雨前線
梅雨晴　つゆばれ
五月晴・梅雨晴間
空梅雨　からつゆ
梅雨の星　つゆのほし
黒南風　くろはえ
五月雨　さみだれ
梅雨の雷　つゆのらい
五月闇　さつきやみ
梅雨闇・夏闇
（晩夏）
送り梅雨　おくりづゆ
返り梅雨・戻り梅雨
梅雨明　つゆあけ
白南風　しろはえ
炎天　えんてん

炎暑・炎昼
日盛　ひざかり
油照　あぶらでり
極暑　ごくしょ
冷夏　れいか
片陰　かたかげ
夏陰・日陰
旱星　ひでりぼし
（蠍座のアンタレスなど）
熱風　ねっぷう
土用凪　どようなぎ
朝凪　あさなぎ
夕凪　ゆうなぎ
旱　ひでり
旱魃（かんばつ）・旱天
喜雨　きう
朝曇　あさぐもり
朝焼　あさやけ
夕焼　ゆうやけ（ゆやけ）
西日　にしび
雲海　うんかい
御来迎　ごらいごう

夏の地理

（三夏）
夏の山　なつのやま
夏嶺（なつね）・青嶺
山滴る　やましたたる
夏富士　なつふじ
夏野　なつの
夏の水　なつのみず
清水　しみず
岩清水・苔清水・噴井
滴り　したたり
泉　いずみ
滝　たき
滝壺・瀑布・滝道
滝風・男滝・女滝
夏の川　なつのかわ
夏の湖　なつのうみ
夏の海　なつのうみ
夏の浜・夏の波
赤潮　あかしお

(初夏)
代田　しろた
水引きし田
卯波　うなみ
卯月波　うづきなみ
青葉潮　あおばじお
(仲夏)
五月富士　さつきふじ
出水　でみず
水害・梅雨出水
植田　うえた
早苗田・五月田
(晩夏)
赤富士　あかふじ
雪渓　せっけい
お花畠　おはなばたけ
青田　あおた
青田道・青田波
日焼田　ひやけだ
旱田　ひでりだ
田水沸く　たみずわく
土用浪　どようなみ

夏の動物

獣など

(三夏)
鹿の子　かのこ
親鹿・小鹿
蝙蝠　こうもり
蛇　へび
青大将・縞蛇
蝮　まむし
蜥蜴　とかげ
青蜥蜴　あおとかげ
雨蛙　あまがえる
青蛙・森青蛙
蟇　ひきがえる
ひきがえる
がまがえる
亀の子　かめのこ
守宮　やもり
井守　いもり
山椒魚　さんしょううお
河鹿　かじか
(初夏)
袋角　ふくろづの
鹿の袋角・鹿の若角
蛇の衣　へびのきぬ
(仲夏)
海亀　うみがめ
赤海亀・青海亀

虫など

(三夏)
夏の虫　なつのむし
夏の蝶　なつのちょう
揚羽蝶・黒揚羽
黄揚羽・孔雀蝶
蛾　が
火取虫　ひとりむし
灯蛾・燭蛾・火虫
天道虫　てんとうむし
兜虫　かぶとむし
鍬形虫　くわがたむし
金亀虫　こがねむし
糸蜻蛉　いととんぼ
川蜻蛉　かわとんぼ
夏茜　なつあかね
穀象　こくぞう
蠅　はえ
家蠅・金蠅・蠅取紙
蛆　うじ
蚊　か
やぶ蚊・縞蚊・蚊柱
孑孑　ぼうふら
ががんぼ
蚋　ぶと
蚤　のみ
ごきぶり
御器齧り　ごきかぶり
蟻　あり
女王蟻・働き蟻
蟻の道
羽蟻　はあり
蟻地獄　ありじごく
落し文　おとしぶみ
毛虫　けむし

尺蠖　しゃくとり
根切虫　ねきりむし
螻蛄　けら
蜘蛛　くも
　蜘蛛の囲　くものい
　蜘蛛の糸・蜘蛛の巣
百足虫　むかで
蠍　さそり
蚰蜒　げじげじ
蝸牛　かたつむり
　でんでん虫・ででむし
なめくじ
　蛞蝓　なめくじ
みみず
　蚯蚓　みみず
蛭　ひる
水澄し　みずすまし
水馬　あめんぼう
　あめんぼ
源五郎　げんごろう
田亀　たがめ
風船虫　ふうせんむし

夜光虫　やこうちゅう
（仲夏）
蛍　ほたる
　平家蛍・源氏蛍
　蛍合戦・蛍狩
　蛍籠・蛍火・初蛍
初蜩　はつひぐらし
蜻蛉生る　とんぼうまる
蟷螂生る　かまきりうまる
夏蚕　なつご
蚕蛾　さんが
　蚕の蛾　かいこのが
　繭の蝶　まゆのちょう
（晩夏）
蝉　せみ
　初蝉・蝉しぐれ
　油蝉・みんみん蝉
　蝉涼し
空蝉　うつせみ
　蝉の殻　せみのから
髪切虫　かみきりむし

玉虫　たまむし
薄翅蜉蝣　うすばかげろう
草蜉蝣　くさかげろう
優曇華　うどんげ
紙魚　しみ
蝨　しらみ

鳥

（三夏）
時鳥　ほととぎす
　不如帰　（ほととぎす）
郭公　かっこう
　閑古鳥　かんこどり
老鶯　おいうぐいす
筒鳥　つつどり
仏法僧　ぶっぽうそう
青葉木菟　あおばずく
燕の子　つばめのこ
烏の子　からすのこ
瑠璃鳥　るり
夏燕　なつつばめ
　夏の燕　なつのつばめ

岩燕　いわつばめ
駒鳥　こまどり
夜鷹　よたか
葭切　よしきり
翡翠　かわせみ
水鶏　くいな
鷭　ばん
通し鴨　とおしがも
青鷺　あおさぎ
雪加　せっか
鵜　う
海猫　うみねこ、ごめ
（仲夏）
羽脱鳥　はぬけどり
（晩夏）
夏雲雀　なつひばり
雷鳥　らいちょう

魚

（三夏）
鮎　あゆ
岩魚　いわな

山女　やまめ
鮴　ごり
鰻　うなぎ
虹鱒　にじます
金魚　きんぎょ
　琉金・和金・出目金
熱帯魚　ねったいぎょ
　グッピー
　エンゼルフィッシュ
目高　めだか
黒鯛　くろだい
鰹　かつお
鯖　さば
　鯖火・鯖釣・鯖舟
鯵　あじ
　夕鯵・鯵釣・真鯵
飛魚　とびうお
鱚　きす
べら
虎魚　おこぜ
鯒　こち
赤えい

鱧　はも
穴子　あなご
蛸　たこ
（初夏）
初鰹　はつがつお
（仲夏）
濁り鮒　にごりぶな
鯰　なまず
　梅雨鯰・ごみ鯰

貝など

（三夏）
帆立貝　ほたてがい
鮑　あわび
蟹　かに
　沢蟹・磯蟹・岩蟹
蝲蛄　ざりがに
手長蝦　てながえび
蝦蛄　しゃこ
海酸漿　うみほおずき
海月　くらげ
海鞘　ほや

夏の植物

樹木

（三夏）
青葉　あおば
　青葉冷　あおばびえ
茂　しげり
万緑　ばんりょく
夏木立　なつこだち
　夏木　なつき
緑蔭　りょくいん
木下闇　こしたやみ
　下闇　したやみ
　青葉闇・木暮
病葉　わくらば
夏落葉　なつおちば
梧桐　あおぎり
海桐の花　とべらのはな
　花とべら
青蔦　あおつた
　蔦若葉・蔦茂る

夏桑　なつぐわ
（初夏）
新樹　しんじゅ
若葉　わかば
　柿若葉　かきわかば
　樫若葉　かしわかば
　椎若葉　しいわかば
　樟若葉　くすわかば
新緑　しんりょく
葉桜　はざくら
余花　よか
若楓　わかかえで
葉柳　はやなぎ
　夏柳　なつやなぎ
卯の花　うのはな
　花空木・卯の花垣
桐の花　きりのはな
泰山木の花　いさんぼくのはな
アカシヤの花
　針槐　はりえんじゅ
　ニセアカシア

橡の花 とちのはな
マロニエの花
朴の花 ほおのはな
山法師の花
やまぼうしのはな
花水木 はなみずき
水木の花
石楠花 しゃくなげ
大山蓮華 おおやまれんげ
茨の花 いばらのはな
野薔薇・花いばら
木苺 きいちご
草苺 くさいちご
常磐木落葉
ときわぎおちば
牡丹 ぼたん
白牡丹・牡丹園
薔薇 ばら・そうび
紅薔薇・野ばら
繍毬花 てまりばな
金雀枝 えにしだ
鉄線花 てっせんか

忍冬の花
すいかずらのはな
筍 たけのこ
筍堀り
篠の子 すずのこ
竹落葉 たけおちば
(仲夏)
桜の実 さくらのみ
さくらんぼ
楝の花 おうちのはな
柿の花 かきのはな
栗の花 くりのはな
椎の花 しいのはな
梔子の花
くちなしのはな
石榴の花 ざくろのはな
南天の花 なんてんのはな
花南天 はななんてん
山桜桃 ゆすら
花橘 はなたちばな
蜜柑の花 みかんのはな
朱欒の花 ざぼんのはな

橙の花 だいだいのはな
オリーブの花
柚子の花 ゆずのはな
青梅 あおうめ
梅の実・美梅
楊梅 やまもも
枇杷 びわ
李 すもも
杏子 あんず
桑の実 くわのみ
桑苺 くわいちご
杜鵑花 さつき
紫陽花 あじさい
四葩 よひら
額の花 がくのはな
竹の皮脱ぐ
たけのかわぬぐ
竹の花 たけのはな
若竹 わかたけ
(晩夏)
夏藤 なつふじ
合歓の花 ねむのはな

沙羅の花 しゃらのはな
百日紅 さるすべり
夾竹桃 きょうちくとう
青胡桃 あおくるみとう
青林檎 あおりんご
青葡萄 あおぶどう
青柿 あおがき
茉莉花 まつりか
ジャスミン
浜茄子 はまなす

草花
(三夏)
常夏 とこなつ
絹糸草 きぬいとそう
ペチュニア
ベゴニア
(初夏)
芍薬 しゃくやく
罌粟の花 けしのはな
雛罌粟 ひなげし
虞美人草 ぐびじんそう

カーネーション
マーガレット
甘草　かんぞう
鈴蘭　すずらん
　君影草　きみかげそう
霞草　かすみそう
姫女苑　ひめじょおん
著莪の花　しゃがのはな
九輪草　くりんそう
石菖　せきしょう
蓮の浮葉　はすのうきは
（仲夏）
矢車菊　やぐるまぎく
除虫菊　じょちゅうぎく
石竹　せきちく
　唐撫子　からなでしこ
ガーベラ
金魚草　きんぎょそう
ジギタリス
アイリス
アマリリス
鬼灯の花　ほおずきのはな

紅花　べにばな
　末摘花　すえつむはな
　紅の花　べにのはな
蠅捕草　はえとりぐさ
小判草　こばんそう
茴香の花　ういきょうのはな
葵　あおい
　立葵　たちあおい
杜若　かきつばた
あやめ
花菖蒲　はなしょうぶ
菖蒲　しょうぶ
（晩夏）
向日葵　ひまわり
ダリア
夕顔　ゆうがお
紅蜀葵　こうしょっき
黄蜀葵　おうしょっき
夏菊　なつぎく
百合の花　ゆりのはな
　山百合・鉄砲百合

松葉牡丹　まつばぼたん
サルビア
百日草　ひゃくにちそう
日々草　にちにちそう
千日草　せんにちそう
青鬼灯　あおほおずき
マリーゴールド
　孔雀草　くじゃくそう
野牡丹　のぼたん
花魁草　おいらんそう
胡蝶蘭　こちょうらん
月下美人　げっかびじん
サボテンの花
　仙人掌　さぼてん
睡蓮　すいれん
蓮　はす
　蓮華　れんげ
　白蓮　びゃくれん

野草

（三夏）
夏草　なつくさ

夏の草・青草
草茂る　くさしげる
青芝　あおしば
青芒　あおすすき
葎　むぐら
　八重葎・金葎
　葎の宿・葎茂る
夏蓬　なつよもぎ
藜　あかざ
夏薊　なつあざみ
一つ葉　ひとつば
豚草　ぶたくさ
風知草　ふうちそう
真菰　まこも
蒲　がま
青蘆　あおあし
水草の花　みずくさのはな
萍　うきくさ
　浮草・根無草
金魚藻　きんぎょも
　松葉藻　まつばも
蛭蓆　ひるむしろ

蓴 ぬなわ
蓴菜 じゅんさい
（初夏）
酢漿草の花 かたばみのはな
車前草の花 おおばこのはな
蛇苺 へびいちご
文字摺草 もじずりそう
踊子草 おどりこそう
踊花 おどりばな
蛍蔓 ほたるかずら
都草 みやこぐさ
夏蕨 なつわらび
蕗 ふき
蕗の葉・蕗採り
伽羅蕗 きゃらぶき
浜豌豆 はまえんどう
（仲夏）
昼顔 ひるがお
蛍袋 ほたるぶくろ
釣鐘草 つりがねそう

どくだみ
十薬 じゅうやく
虎尾草 とらのおそう
山牛蒡の花 やまごぼうのはな
鋸草 のこぎりそう
苔の花 こけのはな
藺の花 いのはな
沢瀉 おもだか
河骨 こうほね
菱の花 ひしのはな
藻の花 ものはな
浜昼顔 はまひるがお
（晩夏）
草いきれ くさいきれ
撫子 なでしこ
河原撫子・大和撫子
月見草 つきみそう
待宵草 まつよいぐさ
鷺草 さぎそう
夏萩 なつはぎ
芭蕉の花 ばしょうのはな

虎杖の花 いたどりのはな
灸花 やいとばな
甘草の花 かんぞうのはな
蚊帳吊草 かやつりぐさ
ラベンダー
薄雪草 うすゆきそう
エーデルワイス
駒草 こまくさ
綿菅 わたすげ
夕菅 ゆうすげ
日光黄菅 にっこうきすげ
岩鏡 いわかがみ
岩煙草 いわたばこ
浜木綿 はまゆう
蒲の穂 がまのほ
布袋草 ほていそう
水葵 みずあおい

作物

（三夏）
茄子の花 なすのはな
夏大根 なつだいこん

夏蕪 なつかぶ
夏葱 なつねぎ
玉葱 たまねぎ
辣韮 らっきょう
パセリ
蓼 たで
藺 い
藺草 いぐさ
太藺 ふとい
八朔柑 はっさくかん
（初夏）
胡瓜の花 きゅうりのはな
山葵の花 わさびのはな
牛蒡の花 ごぼうのはな
瓜の花 うりのはな
空豆 そらまめ
豌豆 えんどう
莢豌豆 さやえんどう
キャベツ
苺 いちご
麦 むぎ
穂麦・麦の穂・麦の波

麦畑・大麦・小麦
黒穂　くろほ
　麦の黒穂　むぎのくろほ
烏麦　からすむぎ
夏蜜柑　なつみかん
　夏柑　なつかん
　甘夏・夏橙（なつだい）
（仲夏）
馬鈴薯の花
　じゃがいものはな
甘藷の花
　さつまいものはな
芋の花　いものはな
南瓜の花　かぼちゃのはな
西瓜の花　すいかのはな
蒟蒻の花
　こんにゃくのはな
人参の花　にんじんのはな
唐辛子の花
　とうがらしのはな
罌粟坊主　けしぼうず
　罌粟の実　けしのみ

早苗　さなえ
（晩夏）
瓜　うり
胡瓜　きゅうり
胡麻の花　ごまのはな
韮の花　にらのはな
蒜の花　にんにくのはな
独活の花　うどのはな
茄子　なす
　初茄子　はつなすび
トマト
若牛蒡　わかごぼう
茗荷の子　みょうがのこ
紫蘇　しそ
　赤紫蘇・青紫蘇
新生姜　しんしょうが
青唐辛　あおとうがらし
青山椒　あおざんしょう
玉蜀黍の花
　とうもろこしのはな
新藷　しんいも
棉の花　わたのはな

麻　あさ
苧　からむし
糸瓜の花　へちまのはな
瓢の花　ひさごのはな
西瓜　すいか
　＊西瓜は古来は初秋
甜瓜　まくわうり
メロン
　マスクメロン
パイナップル
バナナ
マンゴー

茸・海草など
（三夏）
蝉茸　せみたけ
天草　てんぐさ
えご海苔　えごのり
海蘿　ふのり
　ふのり掻・ふのり干
（仲夏）
木耳　きくらげ

梅雨茸　つゆだけ
　梅雨の茸　つゆのきのこ
黴　かび
　青カビ・黴の香
　黴の宿・黴けむり
（晩夏）
昆布　こんぶ
　干昆布・利尻昆布

夏の行事

一般
（初夏）
子供の日　（五月五日）
端午　たんご
　端午の節句
鯉幟　こいのぼり
幟　のぼり
吹流し・矢車
武者人形
菖蒲湯　しょうぶゆ
薬玉　くすだま

愛鳥週間 (五月一〇—一六日)
母の日 ははのひ (五月第二日曜日)
(仲夏)
時の日 ときのひ (時の記念日、六月一〇日)
父の日 ちちのひ (六月第三日曜日)
竹酔日 ちくすいじつ
竹植う たけうう (旧暦五月一三日)
山開 やまびらき
海開 うみびらき
(晩夏)
鬼灯市 ほおずきいち (浅草浅草寺七月九・一〇日)
パリ祭 ぱりさい
巴里祭 ぱりーさい (革命記念日 七月一四日)
海の日 うみのひ (七月の第三月曜日)

土用灸 どようきゅう
暑中見舞 しょちゅうみまい
夏休 なつやすみ
帰省 きせい
林間学校 りんかんがっこう
原爆の日 げんばくのひ
原爆忌 (八月六日)
施米 せまい
夕河岸 ゆうがし
朝顔市 あさがおいち (入谷の鬼子母神の縁日)

神祇

(三夏)
祭 まつり
(初夏)
葵祭 あおいまつり (京都 五月一五日)
神田祭 かんだまつり (神田明神の祭礼、五月一五日)
三社祭 さんじゃまつり (浅草神社、五月第三金—日)

(仲夏)
御田植 おたうえ
ちゃぐちゃぐ馬こ (岩手県滝沢、六月第二土曜)
(晩夏)
富士詣 ふじもうで
富士登山・富士行者
富士禅定
那智火祭 なちひまつり (那智勝浦、七月一四日)
祇園祭 ぎおんまつり
祇園会、山鉾、宵山 (京都。八坂神社、七月)
博多山笠 はかたやまかさ
博多祭・山笠・追山笠 (櫛田神社、七月一—一五日)
野馬追 のまおい (相馬。七月二三—二五日)
天神祭 てんじんまつり
天満祭・船祭 (大阪天満宮、七月二四・二五日)

夏越 なごし
大祓・禊・茅の輪 (旧暦六月晦日)

釈教

(三夏)
安居 あんご
夏安吾 げあんご
夏行 げぎょう
雨安吾・夏の始 (四月一六日から三か月間)
夏書 げがき
夏花 げばな
夏花摘 げばなつみ
峰入 みねいり
(初夏)
練供養 ねりくよう (奈良の当麻寺、五月一四日)
(仲夏)
竹伐 たけきり
鞍馬の竹伐・竹伐会 (京都の鞍馬寺六月二〇日)

（晩夏）
閻魔詣　えんままいり
（閻魔の大斎日、七月一六日）

宗教

（初夏）
昇天祭　しょうてんさい
キリスト昇天祭
（イースターから四〇日目）
（仲夏）
降臨祭　こうりんさい
聖霊降臨祭・五旬祭
ペンテコステ
（イースターから五〇日目）

忌日

（初夏）
朔太郎忌　さくたろうき
（萩原朔太郎、五月一一日）
（仲夏）
桜桃忌　おうとうき
（太宰　治、六月一九日）
業平忌　なりひらき
（在原業平、旧暦五月二八日）
（晩夏）
鴎外忌　おうがいき
（森　鴎外、七月九日）
河童忌　かっぱき
（芥川龍之介、七月二四日）

夏の生活

衣

（三夏）
夏衣　なつごろも
夏服　なつふく
麻服・夏物
夏襟　なつえり
単衣　ひとえ
縮　ちぢみ
藍縮・越後縮
夏羽織　なつばおり
麻羽織・薄羽織
夏袴　なつばかま
浴衣　ゆかた
藍浴衣・紺浴衣
初浴衣・干浴衣
夏帯　なつおび
単帯　ひとえおび
夏足袋　なつたび
衣紋竹　えもんたけ
衣紋・衣紋竿
夏合羽　なつがっぱ
半ズボン
ショートパンツ
夏シャツ
白シャツ・アロハ
アロハシャツ
晒布　さらし
すててこ
腹当　はらあて
腹巻・腹掛け
夏帽子　なつぼうし
麦藁帽子・パナマ帽
カンカン帽・登山帽
サングラス
夏手袋　なつてぶくろ
白靴　しろぐつ
ハンカチ
汗ふき・汗ぬぐい
（初夏）
更衣　ころもがえ
袷　あわせ
（晩夏）
初袷・素袷・古袷
羅　うすもの
薄衣　うすごろも
帷子　かたびら
白帷子・絵帷子
甚平　じんべい
白服　しろふく
サマードレス
海水着　かいすいぎ
水着・ビキニ
浜日傘　はまひがさ
ビーチパラソル

食

（三夏）
夏料理　なつりょうり

冷酒 ひやざけ
冷し酒
焼酎 しょうちゅう
いも焼酎・麦焼酎
米焼酎・蕎麦焼酎
泡盛
麦酒 ビール
生ビール・缶ビール
ビアホール
ビアガーデン
炭酸水 たんさんすい
ラムネ・ソーダ水
サイダー
アイスコーヒー
アイスティー
麦茶 むぎちゃ
氷水 こおりみず
かき氷・氷いちご
アイスクリーム
ソフトクリーム
甘酒 あまざけ
一夜酒 いちやざけ

洗膾 あらい
鯉の洗い・洗い鯉
鮓 すし
馴鮓 なれずし
押鮓・押鮓・笹鮓
泥鰌鍋 どじょうなべ
泥鰌汁・柳川鍋
水貝 みずがい
生節 なまりぶし
鰹のなまり節
晒し鯨 さらしくじら
皮鯨 かわくじら
冷し汁 ひやしじる
冷素麺 ひやそうめん
冷麦 ひやむぎ
冷奴 ひややっこ
葛餅 くずもち
葛切 くずきり
葛饅頭 くずまんじゅう
心太 ところてん
水羊羹 みずようかん
白玉 しらたま

蜜豆 みつまめ
餡蜜 あんみつ
茹小豆 ゆであずき
麦こがし むぎこがし
はったい（麨）
飯饐る めしすえる
饐飯 すえめし
（初夏）
新茶 しんちゃ
走り茶
古茶 こちゃ
筍飯 たけのこめし
豆飯 まめめし
麦飯 むぎめし
身欠鰊 みがきにしん
粽 ちまき
笹粽・筒粽・粽解く
柏餅 かしわもち
（晩夏）
梅酒 うめしゅ
水飯 すいはん
水飯 みずめし

土用鰻 どよううなぎ
土用蜆 どようしじみ
胡瓜もみ きゅうりもみ
瓜漬 うりづけ
胡瓜漬 きゅうりづけ
茄子漬 なすづけ
冷し瓜 ひやしうり

住

（三夏）
打水 うちみず
撒水車 さっすいしゃ
灯涼し ひすずし
夏の灯 なつのひ
夏炉 なつろ
夏座敷 なつざしき
露台 ろだい
ベランダ・テラス
バルコニー
噴水 ふんすい
夏蒲団 なつぶとん
夏掛 なつがけ

花茣蓙　はなござ
寝茣蓙　ねござ
簟　たかむしろ
竹莚・藤莚（とうむしろ）
油団　ゆとん
籠枕　かごまくら
竹夫人　ちくふじん
抱籠・添寝籠
網戸　あみど
日除　ひよけ
青簾　あおすだれ
簾・玉簾・古簾
葭簀　よしず
葭戸　よしど
夏暖簾　なつのれん
籐椅子　とういす
竹牀几　たけしょうぎ
ハンモック
蚊帳　かや
蚊遣火　かやりび
蝿叩　はえたたき
蝿捕紙・蝿捕器

冷蔵庫　れいぞうこ
扇　おうぎ
扇子・絵扇・絹扇
団扇　うちわ
絵団扇・渋団扇
扇風機　せんぷうき
風鈴　ふうりん
釣忍　つりしのぶ
走馬灯　そうまとう
回り灯籠
日傘　ひがさ
パラソル
泉殿　いずみどの
夏館　なつやかた
夏邸　なつやしき
サマーハウス
氷室　ひむろ
（晩夏）
冷房　れいぼう
花氷　はなごおり
氷中花　ひょうちゅうか
虫干　むしぼし

虫払　むしばらい
土用干・曝書（ばくしょ）
日向水　ひなたみず
行水　ぎょうずい

仕事

（三夏）
草刈　くさかり
草刈鎌・草刈機
干草　ほしくさ
藻刈　もかり
天草取　てんぐさとり
川狩　かわがり
鵜飼　うかい
鵜匠・鵜舟・鵜篝
夜釣　よづり
夜焚　よたき
夜焚釣　よたきづり
箱眼鏡　はこめがね
水中眼鏡　すいちゅうめがね
簗　やな
簗打つ・簗瀬・簗番

網舟　あみぶね
烏賊釣　いかつり
烏賊釣船・烏賊火
井戸替　いどがえ
晒井　さらしい
袋掛　ふくろかけ
果物の袋掛
夜店　よみせ
毒消売　どくけしうり
夜濯　よすすぎ
（初夏）
麦刈　むぎかり
麦扱　むぎこき
麦打　むぎうち
新麦　しんむぎ
麦藁　むぎわら
代掻く　しろか
田掻く・田掻馬
豆植う　まめうう
茄子植う　なすうう
甘藷植う　かんしょうう
棉蒔　わたまき

菜種刈　なたねがり
上蔟　じょうぞく
　蚕の上蔟　かいこのあがり
繭　まゆ
　新繭・玉繭・屑繭
苗売　なえうり
（仲夏）
田植　たうえ
　田植唄・田植機
早乙女　さおとめ
早苗饗　さなぶり
黍蒔　きびまき
粟蒔　あわまき
稗蒔　ひえまき
椿挿す　つばきさす
菊挿す　きくさす
　菊の挿芽　きくのさしめ
漆掻　うるしかき
水見舞　みずみまい
　夏の出水の見舞
糸取　いとどり
　繭煮る・糸引

　新糸　しんいと
新真綿　しんまわた
（晩夏）
田草取　たくさとり
　一番草・二番草
除草機　じょそうき
草取　くさとり
　草むしり
虫送　むしおくり
　田虫送る・稲虫送る
牛冷す　うしひやす
馬冷す　うまひやす
瓜番　うりばん
　瓜番・瓜盗人
水番　みずばん
　水守る・水盗む
水喧嘩　みずげんか
雨乞　あまごい
　祈雨・雨の祈
藍刈る　あいかる
　藍搗　あいつき
　藍玉　あいだま

　一番藍・二番藍
麻刈る　あさかる
藺刈る　いかる
誘蛾灯　ゆうがとう
虫篝　むしかがり
梅干す　うめほす
　梅漬ける・梅干漬
　梅莚　うめむしろ

遊楽・情緒

（三夏）
船遊　ふなあそび
　遊船　ゆうせん
ボート
ヨット
釣堀　つりぼり
箱釣　はこづり
水遊　みずあそび
　水鉄砲　みずでっぽう
浮人形　うきにんぎょう
水中花　すいちゅうか
金魚売　きんぎょうり

金魚玉　きんぎょだま
　金魚鉢　きんぎょばち
箱庭　はこにわ
草矢　くさや
　草矢射る・草矢打つ
草笛　くさぶえ
寝冷　ねびえ
夏風邪　なつかぜ
水中り　みずあたり
夏痩　なつやせ
　夏負　なつまけ
汗疹　あせも
水虫　みずむし
脚気　かっけ
マラリア
跣足　はだし
　素足　すあし
端居　はしい
香水　こうすい
掛香　かけこう
髪洗う　かみあらう
　洗い髪　あらいがみ

汗《あせ》
天瓜粉《てんかふん》
日焼《ひやけ》
潮焼・日焼止め
昼寝《ひるね》
（初夏）
麦笛《むぎぶえ》
薪能《たきぎのう》
夏場所《なつばしょ》
五月場所
ダービー
（仲夏）
蛍売《ほたるうり》
蛍狩《ほたるがり》
蛍籠《ほたるかご》
（晩夏）
避暑《ひしょ》
避暑地・避暑客
新内ながし《しんないながし》
納涼《すずみ》
夕涼み・川涼み

外寝《そとね》
お化け屋敷
きもだめし・百物語
川床《かわゆか》
床涼み《ゆかすずみ》
登山《とざん》
登山口・登山道
山小屋・ケルン
キャンプ
キャンプファイヤー
バンガロー
昆虫採集《こんちゅうさいしゅう》
捕虫網《ほちゅうあみ》
泳ぎ《およぎ》
水泳・遠泳
海水浴《かいすいよく》
潮遊び・波乗り
サーフィン
プール
ダイビング
飛込み・ダイバー

西瓜割り《すいかわり》
川開《かわびらき》
花火《はなび》
揚花火・仕掛花火
仕掛花火・昼花火
花火舟
＊古くは秋の季語として
扱った
線香花火《せんこうはなび》
名古屋場所《なごやばしょ》
七月場所
夏芝居《なつしばい》
涼み浄瑠璃《すずみじょうるり》
野外コンサート
ナイター
暑気払い《しょきばらい》
暑気中り《しょきあたり》
日射病《にっしゃびょう》
熱中症《ねっちゅうしょう》
コレラ《これら》
赤痢《せきり》

裸《はだか》
丸裸《まるはだか》
肌脱《はだぬぎ》
片肌脱・もろ肌脱

秋

秋の時候

（三秋）

秋　あき
金秋・白秋
秋の朝　あきのあさ
秋の暮　あきのくれ
釣瓶落　つるべおとし
秋の夜　あきのよる
夜半の秋　よわのあき
夜長　よなが
長き夜　ながきよ
秋麗　あきうらら
秋澄む　あきすむ
秋気　しゅうき
爽やか　さわやか
爽涼　そうりょう
身に入む　みにしむ

（初秋）

八月　はちがつ
文月　ふみづき
初秋　しょしゅう
秋めく　あきめく
新秋　しんしゅう
残暑　ざんしょ
秋暑し・残る暑さ
新涼　しんりょう
秋涼し・良新た
立秋　りっしゅう（八月七日頃）
秋立つ・今朝の秋
処暑　しょしょ（八月二三日頃）
二百十日（九月一日頃）

（仲秋）

九月　くがつ
葉月　はづき
八朔　はっさく（旧暦八月一日）
白露　はくろ（九月八日頃）
二百二十日（九月一一日頃）
秋分　しゅうぶん（九月二三日頃）
秋彼岸　あきひがん（秋分の前後七日間）
秋社　しゅうしゃ（秋分に最も近い戊の日）
冷やか　ひややか
秋冷・朝冷

（晩秋）

十月　じゅうがつ
長月　ながつき
秋寒　あきさむ
そぞろ寒
やや寒
うそ寒
肌寒　はださむ
朝寒　あささむ
夜寒　よさむ
冷まじ　すさまじ
秋深し　あきふかし
行秋　ゆくあき
暮の秋　くれのあき
秋惜む　あきおしむ
冬近し　ふゆちかし
冬隣　ふゆとなり

秋の天象

（三秋）

秋の日　あきのひ
秋の色　あきのいろ
秋の声　あきのこえ
秋晴　あきばれ
秋日和　あきびより
秋の空　あきのそら
秋高し　あきたかし
秋の雲　あきのくも
鰯雲　いわしぐも
秋旱　あきひでり
月　つき
月代・上り月・降り月
有明・残月・弦月
秋の星　あきのほし

星月夜　ほしづきよ
（満天に星が輝く夜）
流星　りゅうせい
流れ星・星流る
秋風　あきかぜ
秋の風・色なき風
爽籟　そうらい
秋の雨　あきのあめ
秋霖　しゅうりん
秋の虹　あきのにじ
霧　きり
朝霧・夜霧・川霧
露　つゆ
朝露・夜露・露けし
稲妻　いなずま
稲光　いなびかり
（初秋）
行合の空　ゆきあいのそら
（夏雲と秋雲がまじりあう空）
盆の月　ぼんのつき
天の川　あまのがわ
銀河　ぎんが

初嵐　はつあらし
秋の初風
荻の風　おぎのかぜ
荻の声・荻騒ぐ
送南風　おくりまぜ
盆東風　ぼんごち
御山洗　おやまあらい
（富士閉山の頃古雨）
秋の雷　あきのらい
（仲秋）
菊日和　きくびより
仲秋の月
初月　はつづき
二日月　ふつかづき
三日月　みかづき
満月　もちづき
十六夜　いざよい
立待月　たちまちづき
居待月　いまちづき
臥待月　ふしまちづき
更待月　ふけまちづき
二十三夜　にじゅうさんや

名月　めいげつ
名月・望月・芋名月
月今宵・望月夜
待宵　まつよい
良夜　りょうや
無月　むげつ
雨月　うげつ
宵闇　よいやみ
台風　たいふう
台風の目・台風圏
野分　のわき
夕野分・野分後
野分雲
芋嵐　いもあらし
黍嵐　きびあらし
雁渡　かりわたし
富士の初雪
富士の初冠雪
（晩秋）
後の月　のちのつき
十三夜・名残の月
栗名月・豆名月

秋時雨　あきしぐれ
露寒　つゆさむ
秋の霜　あきのしも
露霜　つゆじも
秋雪　しゅうせつ
秋の雪・秋の初雪

秋の地理

（三秋）
秋の山　あきのやま
秋嶺・秋の嶺
山粧う　やまよそおう
秋の野　あきのの
秋郊　しゅうこう
花野　はなの
秋の田　あきのた
色づく田
秋の水　あきのみず
秋水　しゅうすい
水澄む　みずすむ
秋の川　あきのかわ

秋の海　あきのうみ
秋の潮　あきのしお
秋の波　あきのなみ
（初秋）
盆波　ぼんなみ
　盆の海・盆荒
（仲秋）
落し水　おとしみず
　田水を落す
初潮　はつしお
　葉月潮・望の潮
　（旧暦八月一五日の満潮）
秋出水　あきでみず
　洪水・水見舞
高潮　たかしお
不知火　しらぬい
　（八代海の怪火、旧暦八月一日）
（晩秋）
野山の色　のやまのいろ
　野の色・野山の錦
刈田　かりた
　刈田道・刈田原

穭田　ひつじだ
　穭穂　ひつじほ

秋の動物

獣など

（三秋）
馬肥ゆる　うまこえる
　秋の駒　あきのこま
鹿　しか
　牡鹿・牝鹿・鹿の声
　妻恋ふ鹿・鹿笛
（仲秋）
蛇穴に入る
　秋の蛇　あきのへび
　穴惑　あなまどい
（晩秋）
猪　いのしし
　瓜坊　うりぼう
　猪罠　ししわな
　猪道・山鯨（猪肉）

虫など

（三秋）
虫　むし
　虫の音・虫時雨
　虫籠　むしかご
蜻蛉　とんぼ
　赤とんぼ・鬼やんま
秋の蝶　あきのちょう
蟋蟀　こおろぎ
　ちちろ・つづれさせ
ばった（飛蝗）
　殿様ばった
蝗　いなご
竃馬　いとど
　かまどうま
稲虫　いなむし
　稲の虫　いねのむし
浮塵子　うんか
茶立虫　ちゃたてむし
放屁虫　へひりむし
蟷螂　とうろう
　カマキリ・蟷螂の斧

芋虫　いもむし
菜虫　なむし
　青虫　あおむし
秋の蚊　あきのか
秋の蝿　あきのはえ
蓑虫　みのむし
地虫鳴く　じむしなく
　螻蛄鳴く　けらなく
　蚯蚓鳴く　みみずなく
（初秋）
秋の蝉　あきのせみ
蜩　ひぐらし
　かなかな
法師蝉　ほうしぜみ
　つくつくほうし
蜉蝣　かげろう
草蜉蝣　くさかげろう
鈴虫　すずむし
松虫　まつむし
邯鄲　かんたん
草雲雀　くさひばり
鉦叩　かねたたき

きりぎりす（螽斯）
はたおり・草きり
馬追 うまおい
すいっちょ
轡虫 くつわむし
がちゃがちゃ
（仲秋）
秋蚕 あきご
秋蚕棚 あきごだな
（晩秋）
栗虫 くりむし
栗の虫
蜂の仔 はちのこ

鳥

（三秋）
渡り鳥 わたりどり
鳥渡る・候鳥
色鳥 いろどり
稲雀 いなすずめ
鵯 ひよどり
懸巣 かけす

鶸 ひわ
鶸の声・鶸の群れ
鵙（百舌鳥） もず
鵙の贄 もずのにえ
鶺鴒 せきれい
石たたき・石たたき
椋鳥 むくどり
椋鳥の群 むくのむれ
鶉 うずら
啄木鳥 きつつき
けら・山げら・小げら
鵲 かささぎ
鴫 しぎ
田鴫（たしぎ）・磯鴫
（初秋）
荒鷹 あらたか
別れ鳥 わかれがらす
秋の鳥・鳥の子別れ
（仲秋）
燕帰る つばめかえる
帰燕・残る燕
海猫帰る ごめかえる

小鳥来る ことりくる
初鴨 はつがも
（晩秋）
雁 かり
雁渡る・雁の列
鶫 つぐみ
連雀 れんじゃく
頭高 かしらだか
田雲雀 たひばり

魚

（三秋）
落鮎 おちあゆ
下り鮎・錆鮎
鰍 かじか
鮭 さけ
初鮭・鮭のぼる
鮭番屋・鮭漁
鱸 すずき
太刀魚 たちうお
鯊 はぜ
鯊の秋・鯊釣・鯊日和

秋鰹 あきがつお
戻り鰹 もどりがつお
秋鯖 あきさば
秋鯵 あきあじ
鰯 いわし
眞鰯・鰯船・鰯網
（晩秋）
秋刀魚 さんま
初さんま・焼秋刀魚
落鮒 おちぶな
秋の鮒 あきのふな
紅葉鮒 もみじぶな
（琵琶湖産の源五郎鮒）
落鰻 おちうなぎ
下り鰻 くだりうなぎ

秋の植物

樹木

（三秋）
秋桑 あきくわ
蔦 つた
蔦かづら・蔦の葉

梨　なし
青梨・豊水・新高
洋ナシ・ルレクチェ
青蜜柑　あおみかん
（初秋）
桐一葉　きりひとは
桐の秋・一葉落つ
桐の実　きりのみ
臭木の花　くさぎのはな
棗の実　なつめのみ
萩　はぎ
山萩・野萩・乱れ萩
萩の宿
木槿　むくげ
花木槿・木槿垣
芙蓉　ふよう
紅芙蓉・白芙蓉
山椒の実　さんしょうのみ
実山椒　みさんしょう
はじかみ
野葡萄　のぶどう
山葡萄　やまぶどう

蝦蔓　えびづる
えびかずら
苔桃　こけもも
コケモモの実
桃　もも
桃の実・白桃
（仲秋）
初紅葉　はつもみじ
薄紅葉　うすもみじ
桜紅葉　さくらもみじ
柳散る　やなぎちる
木犀　もくせい
金木犀・銀木犀
秋薔薇　あきばら
葡萄　ぶどう
葡萄園・葡萄棚
白ぶどう・赤ぶどう
マスカット・巨峰
石榴　ざくろ
柘榴の実・実柘榴
竹の実　たけのみ
竹の春　たけのはる

（晩秋）
紅葉　もみじ
黄葉　もみじ
照葉　てりは
谷紅葉・夕紅葉
楓　かえで
雑木紅葉　ぞうきもみじ
柿紅葉　かきもみじ
漆紅葉　うるしもみじ
櫨紅葉　はぜもみじ
銀杏黄葉　いちょうもみじ
櫟黄葉　くぬぎもみじ
錦木　にしきぎ
紅葉かつ散る
色葉散る　いろはちる
木の実　このみ
木の実落つ
木の実の雨
木の実独楽
橡の実　とちのみ
団栗　どんぐり
樫の実　かしのみ

櫟の実　くぬぎのみ
朴の実　ほおのみ
椎の実　しいのみ
椎の秋　しいのあき
楢の実　ならのみ
樟の実　くすのみ
銀杏　ぎんなん
銀杏の実　いちょうのみ
椿の実　つばきのみ
榧の実　かやのみ
水木の実　みずきのみ
木瓜の実　ぼけのみ
枳殻の実　からたちのみ
梔子の実　くちなしのみ
胡桃　くるみ
鬼胡桃・沢胡桃
杉の実　すぎのみ
檀の実　まゆみのみ
櫨の実　はぜのみ
合歓の実　ねむのみ
菩提子　ぼだいし
菩提樹の実

椋の実　むくのみ
皀角子　さいかち
一位の実　いちいのみ
漆の実　うるしのみ
七竈の実　ななかまど
またたびの実
茱萸　ぐみ
　茱萸原　ぐみわら
花梨　かりん
　かりんの実
橘　たちばな
金柑　きんかん
通草　あけび
　あけびの実・通草籠
郁子　むべ
五倍子　ふし
藤の実　ふじのみ
茨の実　いばらのみ
蔦紅葉　つたもみじ
烏瓜　からすうり
紫式部　むらさきしきぶ
　実むらさき

柿　かき
　渋柿・甘柿・熟柿
栗　くり
　栗の実・山栗・落栗
　栗拾い・焼栗・茹栗
　毬栗　いがぐり
　虚栗　みなしぐり
酢橘　すだち
かぼす
柚子　ゆず
金柑　きんかん
レモン（檸檬）
オリーブの実
林檎　りんご
　紅玉・国光・ふじ
　林檎畑・りんご狩り
無花果　いちじく

草花

（三秋）
鶏頭　けいとう
葉鶏頭　はげいとう

鬼灯　ほおずき
　鬼灯を鳴らす
白粉花　おしろいばな
（初秋）
朝顔　あさがお
　牽牛花　けんぎゅうか
　鉢朝顔・西洋朝顔
桔梗　ききょう
　岩桔梗・白桔梗
カンナ
秋海棠　しゅうかいどう
鬱金の花　うこんのはな
鳳仙花　ほうせんか
弁慶草　べんけいそう
（仲秋）
コスモス
　秋桜　あきざくら
紫苑　しおん
蘭　らん
　蘭の香・蘭の秋
風船葛　ふうせんかずら
蓮の実　はすのみ

（晩秋）
菊　きく
　大菊・小菊・白菊
　菊日和・菊の宿
サフランの花
朝顔の実　あさがおのみ
万年青の実　おもとのみ
破蓮　やれはす

野草

（三秋）
秋草　あきくさ
秋の七草　あきのななくさ
（萩、薄、葛、撫子、女郎花、藤袴、桔梗）
草の花　くさのはな
　千草の花　ちぐさのはな
草の穂　くさのほ
　草の絮　くさのわた
　草の実　くさのみ
狗尾草　えのころぐさ
　猫じゃらし

芒 すすき
尾花・花芒・薄野
葛 くず
葛の葉・真葛
芭蕉 ばしょう
芭蕉葉 ばしょうば
萱 かや
刈萱 かるかや
雌刈萱・雄刈萱
白茅 ちがや
自然薯 じねんじょ
山芋 やまいも
零余子 むかご
むかご飯
荻 おぎ
（初秋）
葛の花 くずのはな
露草 つゆくさ
藪枯らし やぶからし
貧乏葛 びんぼうかずら
藤袴 ふじばかま
女郎花 おみなえし

男郎花 おとこえし
水引の花 みずひきのはな
水引・水引草
松虫草 まつむしそう
赤まんま
犬蓼の花
蓼の花 たでのはな
桜蓼・犬蓼・穂蓼
溝蕎麦 みぞそば
茜草 あかね
鉄道草 てつどうそう
ヒメムカシヨモギ
泡立草 あわだちそう
背高泡立草
（仲秋）
野菊 のぎく
野菊原・野菊道
竜胆 りんどう
笹りんどう・濃竜胆
曼珠沙華 まんじゅしゃげ
彼岸花 ひがんばな
時鳥草 ほととぎすそう

千振 せんぶり
車前子 おおばこ
烏兜 とりかぶと
木賊（砥草） とくさ
木賊原 とくさはら
富士薊 ふじあざみ
葦の花 あしのはな
真菰の花 まこものはな
（晩秋）
草紅葉 くさもみじ
末枯 うらがれ
末枯れる
吾亦紅 われもこう
数珠玉 じゅずだま
ずずこ
破芭蕉 やればしょう

作物

（三秋）
秋茄子 あきなす
南瓜 かぼちゃ
南瓜畑・赤南瓜

煮南瓜
糸瓜 へちま
糸瓜棚・糸瓜蔓
瓢箪 ひょうたん
瓢 ふくべ
ひさご・千成り
オクラ
芋 いも
里芋・芋の葉
芋畑・芋の秋
長薯 ながいも
唐辛子 とうがらし
南蛮・天井守・鷹の爪
ピーマン
生姜 しょうが
稲 いね
稲の波・稲の花・稲穂
稲の秋・稲田・稲の香
陸稲 おかぼ
（初秋）
新大豆 しんだいず
新小豆 しんあずき

畦豆　あぜまめ
隠元豆　いんげんまめ
　莢いんげん
藤豆　ふじまめ
刀豆　なたまめ
馬鈴薯　ばれいしょ
　じゃがいも
　男爵・メークイン
青瓢　あおふくべ
　青瓢箪　あおびょうたん
茗荷の花　みょうがのはな
麻の実　あさのみ
煙草の花　たばこのはな
蕎麦の花　そばのはな
＊西瓜（すいか）は古来
　は初秋　↓晩夏を見よ
（仲秋）
間引菜　まびきな
貝割菜　かいわりな
　貝割大根・かいわれ
紫蘇の実　しそのみ
砂糖黍　さとうきび

薩摩芋　さつまいも
　甘藷　かんしょ
　甘藷畑　いもばたけ
　唐芋・琉球藷・紅藷
菊芋　きくいも
棉　わた
　棉の実・棉の桃
　棉吹く・棉畠
稗　ひえ
黍　きび
　黍の穂・黍畑・黍団子
粟　あわ
　粟の穂・粟餅
とうもろこし(玉蜀黍)
　もろこし・唐黍
高黍　たかきび
　高粱　こうりゃん
早稲　わせ
　早稲の穂・早稲の香
（晩秋）
落花生　らっかせい
　南京豆・ピーナッツ

茘枝　れいし
　苦瓜・ゴーヤー
中稲　なかて
晩稲　おくて
　晩稲刈　おくてかり

茸・海草など

（三秋）
猿の腰掛　さるのこしかけ
椎茸　しいたけ
　干椎茸・椎茸干す
毒茸　どくたけ
　毒きのこ
　笑い茸　わらいたけ
（初秋）
初茸　はつたけ
（晩秋）
茸　きのこ
　茸山・茸狩り
　茸汁・きのこ飯
松茸　まつたけ
　土瓶蒸し

湿地茸　しめじ
　しめじ・ぶなしめじ
舞茸　まいたけ
天狗茸　てんぐたけ
月夜茸　つきよたけ
平茸　ひらたけ

秋の行事

一般

（三秋）
美術の秋
美術展　びじゅってん
運動会　うんどうかい
夜学　やがく
（初秋）
硯洗　すずりあらい
（七夕の前夜に硯を洗う風習）
七夕　たなばた
　星祭　ほしまつり
　星合　ほしあわせ
（牽牛・織女）

鵲の橋　かささぎのはし
梶の葉　かじのは
七夕踊　たなばたおどり
（本来は旧暦七月七日）
竿灯祭　かんとうまつり
（秋田市、八月三―六日）
ねぶた
（青森市、八月二―七日）
さんさ踊り
（盛岡市、八月一―四日）
盆休　ぼんやすみ
中元　ちゅうげん
お中元・盆礼
阿波踊　あわおどり
（徳島、八月一二―一五日）
終戦記念日
終戦の日・終戦日
終戦忌・終戦忌
（八月一五日）
防災の日　ぼうさいのひ
震災記念日・震災忌
（関東大震災、九月一日）

風の盆　かぜのぼん
越中おわら風の盆
（富山八百町、九月一―三日）
（仲秋）
敬老の日　けいろうのひ
（九月の第三月曜日）
秋分の日　しゅうぶんのひ
（九月二三日頃）
馬の市　うまのいち
（晩秋）
芸術祭　げいじゅつさい
赤い羽根　あかいはね
（一〇月一―末日）
重陽　ちょうよう
菊の節句・菊の日
菊の宴・菊の酒
（旧暦九月九日）
スポーツの日
（一〇月の第二月曜日）
べったら市
（東京日本橋、一〇月一九―二〇日）

文化の日　ぶんかのひ
（一一月三日）
鹿の角切　しかのつのきり
（奈良、春日神社、一〇月下旬―一一月上旬）

神祇

（三秋）
秋祭　あきまつり
里祭・村祭・浦祭
（初秋）
深川八幡祭
深川祭・富岡祭
（東京、富岡八幡宮、八月中旬）
吉田の火祭
火伏祭　ひぶせまつり
（富士浅間神社八月二六・二七日）
（仲秋）
おくにち
（旧暦九月九日）
御遷宮　ごせんぐう
伊勢御遷宮・式年遷宮

（晩秋）
神嘗祭　かんなめさい
（伊勢神宮、一〇月一七日）
時代祭　じだいまつり
（京都、平安神宮、一〇月二二日）

釈教

（三秋）
秋遍路　あきへんろ
（初秋）
六道参　ろくどうまいり
迎鐘　むかえがね
（京都、八月七―一〇日）
盆用意　ぼんようい
草市　くさいち
盆花　ぼんばな
盆　ぼん
盂蘭盆　うらぼん
魂祭　たままつり
精霊祭・新盆・棚経
（八月一三―一五日）

生身魂　いきみたま
門火　かどび
迎火　むかえび
送火　おくりび
精霊火　しょうりょうび
施餓鬼　せがき
墓参　はかまいり
墓詣・墓掃除・墓洗う
灯籠　とうろう
流灯　りゅうとう
精霊流し
精霊舟　しょうろうぶね
大文字　だいもんじ
（京都、八月一六日）
送り盆　おくりぼん
六斎　ろくさい
六斎念仏・六斎踊
（お盆の頃の踊念仏）
解夏　げげ
（夏行の終り旧暦七月一五日）
地蔵盆　じぞうぼん
（八月二三・二四日）

（仲秋）
秋彼岸会　あきひがんえ
（秋分を挟む七日間の法会）
（晩秋）
御命講　おめいこう
日蓮忌・万灯（まんどう）
（日蓮忌日一〇月一三日）
菊供養　きくくよう
（浅草寺、一〇月一八日）

宗教

（初秋）
被昇天祭　ひしょうてんさい
聖母祭・聖母昇天祭
（八月一五日）
（晩秋）
ハロウイン
ジャック・オー・ランタン
（一〇月三一日）
万聖節　ばんせいせつ
諸聖人の祭日
（一一月一日）

忌日

（初秋）
世阿弥忌　ぜあみき
（旧暦七月二二日）
宗祇忌　そうぎき
（旧暦七月三〇日）
（仲秋）
子規忌　しきき
糸瓜忌・獺祭忌
（正岡子規、九月一九日）
守武忌　もりたけき
（荒木田守武、旧暦八月八日）
西鶴忌　さいかくき
（井原西鶴、旧暦八月一〇日）
定家忌　ていかき
（藤原定家、旧暦八月二〇日）
（晩秋）
去来忌　きょらいき
（向井去来、旧暦九月一〇日）

秋の生活

衣

（三秋）
秋服　あきふく
（仲秋）
秋袷　あきあわせ
秋の袷・後の袷

食

（三秋）
夜食　やしょく
猿酒　さるざけ
衣被　きぬかつぎ
枝豆　えだまめ
月見豆　つきみまめ
（初秋）
新豆腐　しんどうふ
（仲秋）
氷頭膾　ひずなます
鮞　はららこ
イクラ・筋子（すじこ）

（晩秋）
新酒　しんしゅ
新走り　あらばしり
ひやおろし
秋あがり
古酒　こしゅ
濁酒　にごりざけ
どぶろく
温め酒　あたためざけ
新米　しんまい
今年米　ことしまい
松茸飯　まつたけめし
零余子飯　むかごめし
栗飯　くりめし
橡餅　とちもち
栗羊羹　くりようかん
木の実団子　きのみだんご
柚味噌　ゆみそ
干柿　ほしがき
吊るし柿・柿干す
菊膾　きくなます
かきのもと

もってのほか
浅漬大根　あさづけだいこん
新蕎麦　しんそば
走り蕎麦
きりたんぽ

住

（三秋）
秋の灯　あきのひ
灯火親しむ
秋団扇　あきうちわ
捨団扇・忘れ団扇
（初秋）
秋の蚊帳　あきのかや
蚊帳の名残
秋扇　あきおうぎ
捨扇・忘れ扇・扇置く
（仲秋）
秋簾　あきすだれ
簾の名残・簾納む
障子貼る　しょうじはる
障子洗う

（晩秋）
松手入　まっていれ
冬支度　ふゆじたく

仕事

（三秋）
案山子　かかし
捨案山子　すてがかし
鳥威　とりおどし
鳴子　なるこ
威銃　おどしづつ
猪おどし
添水　そうず
ばったんこ
鹿火屋　かびや
鹿垣　ししがき
砧　きぬた
砧打つ・夕砧・遠砧
秋耕　しゅうこう
下り簗　くだりやな
鰯引　いわしひき
鰯船・鰯網

（初秋）
鷹打　たかうち
豆引く　まめひく
大根蒔く　だいこんまく
（仲秋）
秋蚕　あきご
秋繭　あきまゆ
豊年　ほうねん
綿取　わたとり
棉摘み・新綿
竹伐る　たけきる
牡丹の根分　ぼたんのねわけ
罌粟蒔く　けしまく
胡麻刈る　ごまかる
胡麻干す・新胡麻
（晩秋）
稲刈　いねかり
田を刈る・稲舟
稲干す　いねほす
稲架　はざ
はさ木・高稲架

鎌祝　かまいわい
稲扱　いねこき
籾　もみ
籾干す・籾殻・籾莚
秋収　あきおさめ
秋仕舞・田仕舞
新藁　しんわら
藁塚　わらづか、にほ
藁ぐろ・藁小積
夜なべ　よなべ
夜仕事・夜業
俵編　たわらあみ
種採　たねとり
紫雲英蒔く　げんげまく
球根植う　きゅうこんうう
葛掘る　くずほる
薬掘る　くすりほる
薬草掘る
茜掘る　あかねほる
千振引く　せんぶりひく
牛蒡引く　ごぼうひく
牛蒡掘る

芦刈（**蘆刈**）　あしかり
芦舟・芦刈女
芦火（蘆火）　あしび
萱刈る　かやかる
木賊刈る　とくさかる
萩刈る　はぎかる
小鳥狩　ことりがり
小鳥網　ことりあみ
霞網・鳥屋（とや）
囮　おとり
囮籠・囮番
初猟　はつりょう
崩れ簗　くずれやな
網代打　あじろうち
鮭打　さけうち
鮭網・鮭番・鮭小屋

遊楽・情緒

（三秋）
虫売　むしうり
鶉合　うずらあわせ
秋思　しゅうし

秋興　しゅうきょう
秋の遊び・秋の野遊
（初秋）
踊　おどり
盆踊　ぼんおどり
おけさ踊・踊の輪
踊り子・踊衆
盆狂言　ぼんきょうげん
相撲　すもう
草相撲・辻相撲
負相撲・勝相撲
（仲秋）
月見　つきみ
観月・月見酒
月の客・月見舟
月の宿・月見茶屋
月祀る・月見団子
秋場所　あきばしょ
九月場所
秋狂言　あききょうげん
（晩秋）
芋煮会　いもにかい

地芝居　じしばい
村芝居　むらしばい
紅葉狩　もみじがり
紅葉見・紅葉踏む
紅葉舟・紅葉焚く
菊人形　きくにんぎょう
菊花展・菊師
茸狩　たけがり
茸採　きのことり
茸籠・きのこ狩
菊枕　きくまくら
菊枕　きくちん
菊の枕・幽人枕
海贏廻し　ばいまわし
べい独楽
雁瘡　がんがさ
（仮が来る頃にはじまる湿疹）
火恋し　ひこいし
炉火欲し・炬燵欲し
炭火恋し

冬

冬の時候

（三冬）
冬　ふゆ
短日　たんじつ
　暮早し　くれはやし
冬ざれ　ふゆざれ
冬の朝　ふゆのあさ
冬の夜　ふゆのよ
　寒き夜　さむきよ
　霜夜　しもよ
寒し　さむし
冷たし　つめたし
　底冷　そこびえ
凍る　こおる
　凍てつく・凍みる
　凍晴　いてばれ
　凍道　いてみち
冴ゆる　さゆる
息白し　いきしろし

冬暖　ふゆあたたか
　冬ぬくし
寒波　かんぱ
三寒四温　さんかんしおん
　三寒・四温
（初冬）
立冬　りっとう
　今朝の冬　けさのふゆ
　（一一月七日頃）
十一月　じゅういちがつ
神無月　かんなづき
冬めく　ふゆめく
（仲冬）
十二月　じゅうにがつ
霜月　しもつき
師走　しわす
　極月　ごくげつ
冬至　とうじ
　一陽来復　いちようらいふく
　（一二月二二日頃）
年の暮　としのくれ
　歳末・歳晩・年末

　年の瀬・年つまる
年の内　としのうち
行く年　ゆくとし
大晦日　おおみそか
　年の夜　としのよ
　年越　としこし
除夜　じょや
（晩冬）
一月　いちがつ
寒の入　かんのいり
　（一月五日・六日頃）
小寒　しょうかん
　（一月五日頃）
寒の内　かんのうち
大寒　だいかん
　（一月二〇日頃）
冬深し　ふゆふかし
厳寒　げんかん
　厳冬・酷寒・極寒
日脚伸ぶ　ひあしのぶ
春近し　はるちかし
春隣　はるとなり

春待つ　はるまつ
節分　せつぶん
　（立春の前日）

冬の天象

（三冬）
冬の日　ふゆのひ
　冬日和　ふゆひより
冬晴　ふゆばれ
　冬麗　ふゆうらら
冬の空　ふゆのそら
　寒空　さむぞら
　凍空　いてぞら
冬の雲　ふゆのくも
　凍雲　いてぐも
冬の月　ふゆのつき
　寒月　かんげつ
　凍月　いてづき
　月冴ゆ・月凍つ
冬の星　ふゆのほし
　凍星　いてぼし

寒昴　かんすばる
冬銀河　ふゆぎんが
冬の北斗・オリオン
冬凪　ふゆなぎ
寒凪・凍凪
冬の風　ふゆのかぜ
寒風　かんぷう
北風　きたかぜ
空風　からかぜ
空っ風
隙間風　すきまかぜ
虎落笛　もがりぶえ
鎌鼬　かまいたち
鎌風　かまかぜ
冬の雨　ふゆのあめ
霰　あられ
霙　みぞれ
霜　しも
霜柱　しもばしら
冬霞　ふゆがすみ
寒霞　かんがすみ
冬靄　ふゆもや

冬の雷　ふゆのらい
鰤起し　ぶりおこし
冬の虹　ふゆのにじ
（初冬）
小春　こはる
小春日・小春日和
凩（木枯し）　こがらし
神渡　かみわたし
初時雨　はつしぐれ
時雨　しぐれ
朝時雨・夕時雨
村時雨・横時雨
初霜　はつしも
（仲冬）
年の空　としのそら
初雪　はつゆき
（晩冬）
真冬日　まふゆび
寒の雨　かんのあめ
霧氷　むひょう
樹氷　じゅひょう
雨氷　うひょう

雪　ゆき
大雪・美雪・新雪
根雪・粉雪・細雪
雪明り・雪景色
吹雪　ふぶき
地吹雪　じふぶき
風花　かざはな
雪時雨　ゆきしぐれ
雪晴　ゆきばれ
寒雷　かんらい
雪起し　ゆきおこし
雪女　ゆきおんな
雪女郎　ゆきじょろう

冬の地理

（三冬）
冬景色　ふゆげしき
冬の山　ふゆやま
山眠る　やまねむる
冬野　ふゆの
枯野　かれの

枯野道　かれのみち
枯園　かれその
冬の庭・枯庭
冬田　ふゆた
冬田面・冬田道
冬の水　ふゆのみず
水涸る　みずかる
冬の川　ふゆのかわ
冬の海　ふゆのうみ
冬の波　ふゆのなみ
寒涛　かんとう
寒潮　かんちょう
狐火　きつねび
（仲冬）
初氷　はつごおり
（晩冬）
雪景色　ゆきげしき
雪原　せつげん
雪野　ゆきの
氷　こおり
氷面鏡　ひもかがみ
厚氷・氷紋・氷張る

氷柱　つらら
凍滝　いてたき
氷湖　ひょうこ
　凍湖　とうこ
御神渡り　おみわたり
海凍る　うみこおる
凍港　とうこう
波の花　なみのはな

冬の動物

獣など

（三冬）
冬眠　とうみん
熊　くま
　熊眠る・熊の子
狼　おおかみ
　山犬・狼の声
狐　きつね
　銀狐・白狐・狐鳴く
狸　たぬき
　山狸・むじな

兎　うさぎ
　野兎・雪兎・飼兎
鼬　いたち
むささび
冬の猫　ふゆのねこ
　灰猫　はいねこ
　竈猫　かまどねこ
　炬燵猫　こたつねこ
鯨　くじら
　鯨猟・鯨突き・鰯鯨
　鯨肉・鯨鍋
（初冬）
熊穴に入る　くまあなにいる

虫など

（三冬）
冬の蝶　ふゆのちょう
　凍蝶　いてちょう
冬の蜂　ふゆのはち
冬の虻　ふゆのあぶ
　凍虻　いてあぶ

冬の蝿　ふゆのはえ
　凍蝿　いてばえ
ざざ虫　ざざむし
（初冬）
冬の虫　ふゆのむし
　残る虫・虫老ゆ
綿虫　わたむし
　雪虫　ゆきむし

鳥

（三冬）
鷲　わし
　禿鷲・大鷲・尾白鷲
鷹　たか
　隼　はやぶさ
　大鷹・鷹の羽
冬の鳥　ふゆのとり
冬の雁　ふゆのかり
冬の鵙　ふゆのもず
梟　ふくろう
木兎　みみずく、ずく
鷦鷯　みそさざい

水鳥　みずとり
　浮寝鳥　うきねどり
鴨　かも
　百合鴎　ゆりかもめ
鴛鴦　おしどり
鳰　かいつぶり
千鳥　ちどり
　磯千鳥・浜千鳥
　夕千鳥・小夜千鳥
都鳥　みやこどり
冬鴎　ふゆかもめ
鶴　つる
　丹頂　たんちょう
凍鶴　いてづる
（初冬）
鶴渡る　つるわたる
　鶴来る　つるきたる
（晩冬）
雪鳥　ゆきどり
寒雀　かんすずめ
　凍雀　こごえすずめ
ふくら雀

寒鴉　かんがらす
白鳥　はくちょう
大白鳥・スワン

魚

（三冬）
鰤　ぶり
寒鰤・鰤網・初鰤
鱈　たら
助宗鱈　すけそうだら
真鱈・鱈場・たらこ
鮪　まぐろ
本鮪・鮪網・鮪釣
鰰　はたはた
河豚　ふぐ
とら河豚・箱河豚
鮟鱇　あんこう
大鮟鱇・黄鮟鱇
鮟鱇の吊し切り
睦　むつ
氷下魚　こまい
魴鮄　ほうぼう

潤目鰯　うるめいわし
魦　いさざ
鮫　さめ
鯨　くじら（↓獣）
（初冬）
柳葉魚　ししゃも
ししゃも
（晩冬）
寒鮒　かんぶな
寒鯉　かんごい
八目鰻　やつめうなぎ
寒鰤　かんぶり
寒烏賊　かんいか

貝

（三冬）
牡蠣　かき
海鼠　なまこ
ずわい蟹
越前蟹・松葉蟹
鱈場蟹　たらばがに

冬の植物

樹木

（三冬）
落葉　おちば
柿落葉・銀杏落葉
落葉籠・落葉道
落葉焚・落葉掃き
木の葉　このは
木の葉散る
枯葉　かれは
冬木　ふゆき
寒木　かんぼく
冬木立　ふゆこだち
冬芽　ふゆめ
冬木の芽　ふゆきのめ
枯木　かれき
枯木立　かれこだち
冬枯　ふゆがれ
冬桜　ふゆざくら
枯柳　かれやなぎ
枯桑　かれくわ

蜜柑　みかん
蜜柑山・蜜柑狩
ぽんかん（椪柑）
朱欒　ざぼん
文旦・ぼんたん
橙　だいだい
木守柿　きまもりがき
冬薔薇　ふゆばら
冬薔薇　ふゆそうび
冬蔦　ふゆづた
枯蔦　かれつた
枯蔓　かれづる
青木の実　あおきのみ
藪柑子　やぶこうじ
千両　せんりょう
万両　まんりょう
南天の実　なんてんのみ
実南天　みなんてん
竜の玉　りゅうのたま
（初冬）
帰り花　かえりばな
狂い咲・忘れ花

紅葉散る　もみじちる
冬紅葉　ふゆもみじ
残る紅葉　のこるもみじ
山茶花　さざんか
八手の花　やつでのはな
茶の花　ちゃのはな
柊の花　ひいらぎのはな
寒竹の子　かんちくのこ
（仲冬）
枇杷の花　びわのはな
（晩冬）
雪折　ゆきおれ
早梅　そうばい
寒梅　かんばい
寒紅梅　かんこうばい
臘梅　ろうばい
寒牡丹　かんぼたん
冬牡丹　ふゆぼたん
寒椿　かんつばき
冬椿　ふゆつばき
侘助　わびすけ
寒木瓜　かんぼけ

草花

（三冬）
枯菊　かれぎく
寒菊　かんぎく
霜の菊　しものきく
枯蓮　かれはす
（仲冬）
ポインセチア
（晩冬）
水仙　すいせん
葉牡丹　はぼたん

野草

（三冬）
霜枯　しもがれ
草枯　くさがれ
枯草　かれくさ
冬草　ふゆくさ
冬の草・冬草生ふ
枯葎　かれむぐら
枯芝　かれしば

枯萩　かれはぎ
枯尾花　かれおばな
枯芒　かれすすき
枯芭蕉　かればしょう
枯蘆　かれあし
（初冬）
寒葵　かんあおい
石蕗の花　つわのはな
（晩冬）
冬萌　ふゆもえ
冬菫　ふゆすみれ
冬蕨　ふゆわらび

作物

（三冬）
冬菜　ふゆな
小松菜　こまつな
白菜　はくさい
セロリ
ブロッコリー
葱　ねぎ
葱畑・白葱・深谷葱
大根　だいこん
大根畑・煮大根
人参　にんじん
蕪　かぶら
赤蕪・大蕪・かぶら
冬の苺　ふゆのいちご
（初冬）
麦の芽　むぎのめ

茸・海草など

（三冬）
なめこ（滑子）
寒茸　かんたけ
（初冬）
榎茸　えのきたけ

冬の行事

一般

（初冬）
亥の子　いのこ
（旧暦一〇月亥の日の行事）

箕祭　みまつり
箕納・箕を祀る
七五三　しちごさん
千歳飴　ちとせあめ
（一一月一五日）
髪置　かみおき
袴着　はかまぎ
帯解　おびとき
勤労感謝の日
（一一月二三日）
（仲冬）
ボーナス
年末手当・年末賞与
社会鍋　しゃかいなべ
慈善鍋　じぜんなべ
討入りの日　うちいりのひ
義士会　ぎしかい
義士祭・討入忌
（一二月一四日）
柚子湯　ゆずゆ
冬至湯　とうじゆ
（冬至の日の柚子風呂）

冬休み　ふゆやすみ
煤払　すすはらい
煤籠　すすごもり
煤掃き・煤逃・煤竹
進湯・煤の湯
年用意　としようい
松迎え　まつむかえ
門松おろし
年の市　としのいち
師走の市・暮の市
歳暮　せいぼ
羽子板市　はごいたいち
飾売　かざりうり
古暦　ふるごよみ
暦売　こよみうり
日記買う　にっきかう
古日記　ふるにっき
忘年会　ぼうねんかい
年忘　としわすれ
御用納　ごようおさめ
仕事納　しごとおさめ
掛乞　かけごい

餅つき　もちつき
餅配り　もちくばり
餅搗唄・餅の音
門松立つ　かどまつたつ
注連飾る　しめかざる
掃納　はきおさめ
年取　としとり
年取の膳　としとりのぜん
お年取り・年を取る
年守る　としまもる
年越蕎麦　としこしそば
晦日蕎麦　みそかそば
年の湯　としのゆ
（晩冬）
寒稽古　かんげいこ
寒中水泳
寒見舞　かんみまい
節分　せつぶん
（春分の前日の行事）
豆撒　まめまき
追儺　ついな
鬼は外・福は内

年男・年女
柊挿す　ひいらぎさす
厄払　やくはらい
神祇
（初冬）
神の旅　かみのたび
神送　かみおくり
神の留守　かみのるす
神迎　かみむかえ
神在祭　かみありまつり
神在　かみあり・
神等去出　からさで
（出雲大社、一一月中旬）
酉の市　とりのいち
熊手　くまで
（鷲大明神の祭礼。
一一月の酉の日）
夷講　えびすこう
（七福神の恵比寿様の祭）
御火焚　おほたき
（京都の神社の神事）

（仲冬）
神楽　かぐら
神遊び・神楽歌
里神楽　さとかぐら
札納　ふだおさめ
年越詣　としこしもうで
除夜詣　じょやもうで
年籠　としごもり
（晩冬）
寒詣　かんまいり
裸参　はだかまいり
厄落　やくおとし

釈教

（三冬）
冬安居　ふゆあんご
（一二月一六日から九〇日間）
（初冬）
十夜　じゅうや
十夜念仏・十夜堂
（浄土真宗、旧暦一〇月）
鉢叩　はちたたき

（仲冬）
臘八会　ろうはちえ
（釈迦が悟りを開いた日、一二月八日）
大師講　だいしこう
（天台宗の寺院の法要）
除夜の鐘　じょやのかね
（晩冬）
寒念仏　かんねぶつ
（寒の期間の修行）
寒垢離　かんごり
（寒中に冷水を浴びたり、滝に打たれて経を唱える行）

宗教

（初冬）
感謝祭　かんしゃさい
サンクスギビングデー
（米国では、一一月の第四木曜日）
（仲冬）
クリスマス

降誕祭（こうたんさい）
サンタクロース
三太九郎・聖夜・聖樹
（一二月二五日）
熊祭　くままつり
（晩冬）
聖燭節　せいしょくせつ
（カトリックの祝日、二月二日）

忌日

（初冬）
達磨忌　だるまき
（達磨大師、旧暦一〇月五日）
芭蕉忌　ばしょうき
（旧暦一〇月一二日）
空也忌　くうやき
（空也上人、旧暦一〇月一三日）
（仲冬）
漱石忌　そうせきき
（夏目漱石、一二月九日）

貞徳忌　ていとくき
（松尾貞徳、旧暦一一月一五日）
近松忌　ちかまつき
（近松門左衛門、旧暦一一月二二日）
一茶忌　いっさき
（旧暦一一月一九日）
（晩冬）
蕪村忌　ぶそんき
（旧暦一二月二五日）

冬の生活

衣

（三冬）
冬服　ふゆふく
冬着・冬衣・冬物
重ね着　かさねぎ
厚着　あつぎ
着ぶくれ
セーター

外套《がいとう》
　冬コート・オーバー
　マント・アノラック
　ダウンコート
角巻《かくまき》
冬羽織《ふゆばおり》
ちゃんちゃんこ
褞袍《どてら》
　丹前《たんぜん》
綿入《わたいれ》
毛皮《けがわ》
　毛衣《けごろも》
紙衣《かみこ》
ねんねこ
　ねんねこ半纏
綿《わた》
　布団綿・真綿
冬帽子《ふゆぼうし》
　冬帽《ふゆぼう》
頭巾《ずきん》
綿帽子《わたぼうし》
頬被《ほおかむり》

耳当て《みみあて》
　耳袋《みみぶくろ》
　イヤーマフ
マスク
襟巻《えりまき》
　首巻《くびまき》
　マフラー
ショール
　肩掛《かたかけ》
手袋《てぶくろ》
　皮手袋・黒手袋
　毛糸の手袋
股引《ももひき》
足袋《たび》
（晩冬）
雪合羽《ゆきがっぱ》
　雪蓑《ゆきみの》
雪眼鏡《つきめがね》
雪沓《ゆきぐつ》
　雪靴・藁沓
雪下駄《ゆきげた》
樏《かんじき》

食

（三冬）
熱燗《あつかん》
　燗酒《かんざけ》
鰭酒《ひれざけ》
玉子酒《たまござけ》
生姜酒《しょうがざけ》
ホットドリンク
　ホットレモン
　ホットウイスキー
葛湯《くずゆ》
生姜湯《しょうがゆ》
蕎麦湯《そばゆ》
蕎麦掻《そばがき》
夜泣き蕎麦《よなきそば》
　夜鷹蕎麦《よたかそば》
鍋焼うどん
　鍋焼《なべやき》
釜揚うどん
　釜あげ
芹焼《せりやき》

雑炊《ぞうすい》
　卵雑炊・鶏雑炊
　おじや
蒸飯《ふかしめし》
　温め飯《ぬくめめし》
蕪鮓《かぶらずし》
おでん
　おでん屋・おでん種
湯豆腐《ゆどうふ》
　湯奴《ゆやっこ》
風呂吹《ふろふき》
　風呂吹大根
御猟焼《おかりやき》
すき焼（鋤焼）
　牛鍋《ぎゅうなべ》
鍋支度《なべじたく》
薬喰《くすりぐい》
　猪肉・鹿肉（紅葉）
紅葉鍋《もみじなべ》
　鹿売《ろくうり》
桜鍋《さくらなべ》
　馬肉鋤《ばにくすき》

牡丹鍋　ぼたんなべ
猪鍋　ししなべ
鯨鍋　くじらなべ
石狩鍋　いしかりなべ
鮭鍋　さけなべ
スッポン鍋（鼈鍋）
寄鍋　よせなべ
ちり鍋　ちりなべ
河豚ちり・鱈ちり
鮟鱇鍋　あんこうなべ
塩汁鍋　しょっつるなべ
甲羅煮　こうらに
闇汁　やみじる
闇汁会　やみじるかい
河豚汁　ふぐじる
ふくと汁・河豚ちり
粕汁　かすじる
蕪汁　かぶらじる
のっぺい汁
のっぺ・のっぺ煮
三平汁　さんぺいじる
巻繊汁　けんちんじる

沢庵漬　たくあんづけ
沢庵　たくあん
茎漬　くきづけ
菜漬　なづけ
酢茎　すぐき
塩鮭　しおざけ
塩引・新巻
乾鮭　からざけ
海鼠腸　このわた
酢海鼠　すなまこ
焼芋　やきいも
石焼芋　いしやきいも
（初冬）
口切　くちきり
口切の茶事
（仲冬）
冬至粥　とうじがゆ
冬至南瓜　とうじかぼちゃ
（晩冬）
寒餅　かんもち
寒搗　かんつき
寒卵　かんたまご

千枚漬　せんまいづけ
新海苔　しんのり

住

（三冬）
冬籠　ふゆごもり
冬座敷　ふゆざしき
冬館　ふゆやかた
屏風　びょうぶ
金屏風・絵屏風
古屏風・枕屏風
障子　しょうじ
白障子・障子明かり
襖　ふすま
冬襖・唐紙・襖絵
蒲団　ふとん
掛布団・敷布団
羽根布団・布団干す
毛布　もうふ
電気毛布
絨毯　じゅうたん
カーペット

煖房　だんぼう
ペーチカ・ストーブ
スチーム
炬燵　こたつ
置炬燵・堀炬燵
電気炬燵・炬燵猫
炉　ろ
炉火・炉明かり
炉辺・炉話・炉主
火鉢　ひばち
火桶　ひおけ
手焙　てあぶり
あんか（行火）
湯婆　ゆたんぽ
懐炉　かいろ
加湿器　かしつき
湯気立て
炭　すみ
木炭・備長炭・炭つぐ
白炭　しろずみ
炭火　すみび
埋火　うずみび

消炭　けしずみ
炭斗　すみとり
　炭籠　すみかご
炭俵　すみだわら
練炭　れんたん
　豆炭　まめたん
焚火　たきび
　落葉焚・夕焚火
榾　ほだ
　榾火　ほだび
隙間風　すきまかぜ
寒灯　かんとう
　冬灯　ふゆともし
火事　かじ
　昼火事・遠火事・大火
　火事赤し・火事見舞
火の番　ひのばん
　火の用心・夜回り
（初冬）
冬構　ふゆがまえ
北窓塞ぐ　きたまどふさぐ
目貼　めばり

風除　かぜよけ
霜除　しもよけ
敷松葉　しきまつば
炉開　ろびらき
（仲冬）
雪囲　ゆきがこい
畳替　たたみがえ
（晩冬）
雁木　がんぎ
雪竿　ゆきざお
　雪尺・スノーポール
橇　そり
　馬橇・犬橇・荷橇
スノータイヤ
スノーチェーン
雪上車　せつじょうしゃ
　スノーモービル
消雪パイプ

仕事

（三冬）
冬耕　とうこう

　寒耕　かんこう
藁仕事　わらしごと
　藁打つ・縄なう
味噌搗　みそつき
　味噌作る
索麺干す　そうめんほす
狩　かり
　猟・猟犬・狩の宿
　鹿狩　しかがり
　猪狩　ししがり
　兎狩　うさぎがり
　猟人　かりゅうど
狸罠　たぬきわな
　鼬罠　いたちわな
鷹狩　たかがり
　鷹匠　たかじょう
炭焼　すみやき
　炭売　すみうり
紙漉　かみすき
網代　あじろ
　網代守　あじろもり
鰤網　ぶりあみ

捕鯨　ほげい
　鯨突き・捕鯨船
毛糸編む　けいとあむ
　毛糸玉　けいとだま
（初冬）
麦蒔　むぎまき
蕎麦刈　そばかり
大根引　だいこんひき
大根干す　だいこんほす
　大根洗　だいこんあらい
　懸大根　かけだいこん
切干　きりぼし
干菜吊る　ほしなつる
　懸菜　かけな
蒟蒻掘る　こんにゃくほる
蓮根掘る　はすねほる
　蓮堀　はすほり
棕櫚剥ぐ　しゅろはぐ
杜氏来る　とうじきたる
（仲冬）
雪吊　ゆきつり
藪巻　やぶまき

古暦　ふるごよみ
暦果つ　こよみはつ
日記買う　にっきかう
古日記　ふるにっき
日記果つ　にっきはつ
賀状書く　がじょうかく
年木樵　としきこり
歯朶刈　しだかり
注連作　しめづくり
春着縫う　はるぎぬう

（晩冬）

寒肥　かんごえ
寒ごやし
寒曝　かんざらし
氷蒟蒻　こおりこんにゃく
蒟蒻氷らす
凍豆腐　しみどうふ
凍豆腐造る
寒天造る　かんてんつくる
寒造　かんづくり
雪踏　ゆきふみ
雪下し　ゆきおろし

雪掻　ゆきかき
除雪車　じょせつしゃ
ラッセル車
採氷　さいひょう
氷切る・砕氷池
砕氷船　さいひょうせん

遊楽・情緒

（三冬）

夜咄　よばなし
ラグビー
＊サッカーは冬季に扱われるが、もはや季感は薄い。
縄跳　なわとび
竹馬　たけうま
押しくら饅頭
日向ぼこ　ひなたぼこ
日向ぼっこ
湯ざめ　ゆざめ
風邪　かぜ
風邪声　かざごえ
咳　せき

嚔　くさめ
はなひる・くしゃみ
水洟　みずばな
吸入器　きゅうにゅうき
懐手　ふところで
息白し　いきしろし

（初冬）

九州場所（相撲）
木の葉髪　このはがみ

（仲冬）

顔見世　かおみせ
歌舞伎正月

（晩冬）

雪見　ゆきみ
雪見酒・雪見舟
雪達磨　ゆきだるま
雪まろげ
雪像　せつぞう
雪合戦　ゆきがっせん
雪礫　ゆきつぶて
スキー
ゲレンデ

スノーボード
スケート
銀盤・スケート靴
アイスホッケー
カーリング
寒釣　かんづり
避寒　ひかん
避寒宿・避寒する
寒灸　かんきゅう
悴む　かじかむ
ひび（胼）
ひび薬
あかぎれ（皸）
霜焼　しもやけ
凍傷　とうしょう
凍死　とうし
吹雪倒れ
雪焼　ゆきやけ
雪眼　ゆきめ
探梅　たんばい
梅探る・探梅行

新年

新年の時候

新年　しんねん
あらたまの年
年の始・年新た
年明くる・年迎ふ
正月　しょうがつ
初春　はつはる
新春・迎春・明の春
千代の春・四方の春
御代の春・今朝の春
去年今年　こぞことし
元日　がんじつ
元朝　がんちょう
元旦　がんたん
大旦　おおあした
歳旦　さいたん
二日　ふつか
三日　みっか
三が日　さんがにち
人日　じんじつ
七日・節句始
松の内　まつのうち
注連の内　しめのうち
松過　まつすぎ
注連明　しめあけ
松明　まつあけ
餅間　もちあい
小正月　こしょうがつ
望正月　もちしょうがつ
女正月　おんなしょうがつ
二十日正月　はつかしょうがつ

新年の天象

初茜　はつあかね
初明り　はつあかり
初日　はつひ
初日の出・初日影
初空　はつぞら
初御空　はつみそら
初晴　はつばれ
初風　はつかぜ
初東風　はつごち
初凪　はつなぎ
初霞　はつがすみ
御降　おさがり
富正月　とみしょうがつ
淑気　しゅくき

新年の地理

初景色　はつげしき
初富士　はつふじ
若菜野　わかなの

新年の動物

獣など

嫁が君　よめがきみ

鳥

初鶏　はつとり
初鴉　はつがらす
初雀　はつすずめ
初声　はつごえ

新年の植物

樹木

楪　ゆずりは
ゆずり葉

草花

福寿草　ふくじゅそう

野草

七種　ななくさ
若菜　わかな
春の七草
薺　なずな
なずな粥（薺粥）
御行　ごぎょう
仏の座　ほとけのざ
鈴菜（菘）　すずな
すずしろ（蘿蔔）

新年の行事

一般

参賀 さんが
朝賀 ちょうが
御用始 ごようはじめ
仕事始 しごとはじめ
初荷 はつに
初荷馬 はつにうま
新年会 しんねんかい
初市 はついち
初市場 はついちば
帳綴 ちょうとじ
学校始 がっこうはじめ
歌会始 うたかいはじめ
出初 でぞめ
消防出初式
奈良の山焼 ならのやまやき
成人の日 せいじんのひ
松納 まつおさめ
松取る・門松取る

飾納 かざりおさめ
注連取る しめとる
なまはげ
小豆粥 あずきがゆ
餅花 もちばな
繭玉 まゆだま
左義長 さぎちょう
どんど・どんど焼
さいと焼・飾り焚く
注連貰 しめもらい
鳥追 とりおい
鳥追小屋・鳥追櫓
かまくら
綱引 つなひき
藪入 やぶいり
万歳 まんざい
三河万歳・才蔵
獅子舞 ししまい
越後獅子 えちごじし
猿廻し さるまわし
猿曳 さるひき

神祇

初詣 はつもうで
初社 はつやしろ
初庭 はつにわ
初御籤 はつみくじ
白朮詣 おけらまいり
（京都八坂神社の神事）
初神楽 はつかぐら
神楽始 かぐらはじめ
恵方詣 えほうまいり
恵方道 えほうみち
福詣 ふくもうで
七福神詣・福神詣
歳徳神 としとくじん
年神 としがみ
歳徳 としとく
鷽替 うそかえ
（太宰府天満宮、一月七日）
十日戎 とおかえびす
初恵比寿 はつえびす
福笹 ふくざさ
（一月一〇日）

初卯 はつう
（正月最初の卯の日の参拝）
初天神 はつてんじん
（天満宮の最初の縁日、一月二五日）

釈教

初勤行 はつごんぎょう
初読経 はつどきょう
初灯明 はつとうみょう
初法座 はつほうざ
初護摩 はつごま
初寅 はつとら
初寅詣 はつとらまいり
（正月の初の寅の日）
初閻魔 はつえんま
（閻魔の縁日、一月一六日）
初観音 はつかんのん
（観音の初縁日、一月一七日）

宗教

初ミサ はつみさ

新年の生活

衣

着衣始　きそはじめ
春着　はるぎ
　春小袖　はるこそで

食

屠蘇　とそ
　屠蘇祝う・屠蘇酌む
年酒　ねんしゅ
福茶　ふくちゃ
　大服　おおふく
雑煮　ぞうに
　雑煮椀　ぞうにわん
年の餅　としのもち
太箸　ふとばし
　祝箸　いわいばし
　箸紙　はしがみ
節料理　せちりょうり
　節の日・節客
喰積　くいづみ
　重詰　じゅうづめ
　重詰料理・組重
数の子　かずのこ
ごまめ
　田作　たづくり
切山椒　きりざんしょう
芋頭　いもがしら
ちょろぎ（草石蚕）
初竈　はつかまど
　炊初　たきぞめ
俎板始　まないたはじめ
福沸し　ふくわかし
　福鍋　ふくなべ
七種粥　ななくさがゆ
若菜摘　わかなつみ
鏡開　かがみびらき

住

門松　かどまつ
　松飾　まつかざり
藁盒子　わらごうし
年木　としぎ
　年木割る・年木積む
福藁　ふくわら
　ふくさ藁
注連飾　しめかざり
　門飾　かどかざり
　輪飾　わかざり
　注連縄　しめなわ
　飾縄　かざりなわ
蓬莱　ほうらい
　蓬莱飾　ほうらいかざり
鏡餅　かがみもち
　御供餅　おそなえもち
飾臼　かざりうす
飾海老　かざりえび
羊歯飾　しだかざり
飾米　かざりごめ
穂俵　ほだわら
　穂俵飾る
掃初　はきぞめ
　初箒　はつぼうき

仕事

年男　としおとこ
役男　やくおとこ
若水　わかみず
　若水汲み
初手水　はつちょうず
若潮　わかしお
年始　ねんし
　年賀　ねんが
　賀詞交す　がしかわす
年玉　としだま
　お年玉　おとしだま
歯固め　はがため
破魔矢　はまや
　破魔弓　はまゆみ
年賀状　ねんがじょう
　初便り　はつだより
　賀状　がじょう
初電話　はつでんわ
初暦　はつごよみ
　新暦　しんごよみ
初刷　はつずり

日記始　にっきはじめ
初日記　はつにっき
初鏡　はつかがみ
初化粧　はつげしょう
梳初　すきぞめ
結初　ゆいぞめ
初髪　はつかみ
初湯　はつゆ
若湯　わかゆ
初風呂・初湯舟
蔵開　くらびらき
織初　おりぞめ
初機　はつはた
縫初　ぬいぞめ
針初め　はりぞめ
針起し　はりおこし
書初　かきぞめ
筆始め　ふではじめ
初硯　はつすずり
吉書　きっしょ
読初　よみぞめ
読み始め・読書始め

弓始　ゆみはじめ
初弓　はつゆみ
稽古始　けいこはじめ
初稽古　はつげいこ
謡初　うたいぞめ
能始　のうはじめ
舞台始　ぶたいはじめ
舞初　まいぞめ
弾初　ひきぞめ
琴始　ことはじめ
初釜　はつがま
初手前　はつてまえ
初句会　はつくかい
初懐紙　はつかいし
初席　はつせき
初寄席　はつよせ
寄席開き　よせびらき
初市　はついち
初せり
初売　はつうり
初商　はつあきない
売初　うりぞめ

買初　かいぞめ
初買　はつがい
鍬始　くわはじめ
初田打　はつたうち
農始　のうはじめ
山始　やまはじめ
初山　はつやま
初漁　はつりょう
漁始　りょうはじめ

遊楽・情緒

扇投　おおぎなげ
投扇興　とうせんきょう
歌留多　かるた
歌がるた・花がるた
双六　すごろく
絵すごろく
羽子板　はごいた
追羽根　おいばね
独楽　こま
手毬　てまり
福引　ふくびき

福笑　ふくわらい
初凧　はつだこ
初場所　はつばしょ
正月場所（相撲）
笑初　わらいぞめ
初笑　はつわらい
泣初　なきぞめ
初泣　はつなき
寝正月　ねしょうがつ
初夢　はつゆめ
初枕　はつまくら
宝船　たからぶね
獏枕　ばくまくら
ひめ始　ひめはじめ
初旅　はつたび
旅初　たびはじめ
乗初　のりぞめ
初電車　はつでんしゃ

付録二　素材とことば

連句には、「季の句」のほかに「雑の句」もあるため、季語だけでなく、季語にならない言葉との区別も重要です。また、季語も、季節による分類よりも素材による分類のほうが、発想や連想を膨らませやすいことがあります。そこで、ここでは、いろいろな言葉を素材別にならべてみました。これもあくまでも参考として使ってください。

暦

春

立春《りっしゅん》	初春	二月四日または五日
雨水《うすい》	初春	二月一八日または一九日
啓蟄《けいちつ》	仲春	三月五日または六日
春分《しゅんぶん》	仲春	三月二〇日または二一日
彼岸《ひがん》	仲春	春分の前後それぞれ三日
社日《しゃにち》	仲春	春分の前後の戊の日
清明《せいめい》	晩春	四月四日または五日
穀雨《こくう》	晩春	四月二〇日または二一日
八十八夜	晩春	五月二日または三日（立春から数えて八十八日目）

夏

立夏《りっか》	初夏	五月五日または六日
小満《しょうまん》	初夏	五月二一日または二二日
芒種《ぼうしゅ》	仲夏	六月五日または六日
夏至《げし》	仲夏	六月二二日または二三日
入梅《にゅうばい》	仲夏	
小暑《しょうしょ》	晩夏	七月七日または八日
大暑《たいしょ》	晩夏	七月二二日または二三日
土用《どよう》	晩夏	立秋の前の十八・九日間

秋

立秋《りっしゅう》	初秋	八月七日または八日
処暑《しょしょ》	初秋	八月二三日または二四日
白露《はくろ》	仲秋	九月八日または九日
秋分《しゅうぶん》	仲秋	九月二三日または二四日
二百十日	仲秋	九月一日または二日（立春から数えて二百十日）
二百二十日	仲秋	立春から数えて二百二十日
寒露《かんろ》	晩秋	一〇月八日または九日
霜降《そうこう》	晩秋	一〇月二三日または二四日

冬

立冬《りっとう》	初冬	一一月七日または八日
小雪《しょうせつ》	初冬	一一月二二日または二三日
大雪《たいせつ》	仲冬	一二月七日または八日
冬至《とうじ》	仲冬	一二月二一日または二二日
小寒《しょうかん》	晩冬	一月五日または六日
大寒《だいかん》	晩冬	一月二〇日または二一日
節分《せつぶん》	晩冬	二月三日または四日

時候

春

三春　二月四日頃から五月四日頃

暖か《あたたか》　ぬくし・春暖（しゅんだん）
日永《ひなが》　永き日・永日（えいじつ）
暮遅し　遅日（ちじつ）・遅き日
麗か《うららか》　うらら・麗日（れいじつ）
長閑《のどか》　のどかさ・のどけし
春の朝　春暁（しゅんぎょう）・春の曙
春の昼　春昼（しゅんちゅう）
春の夕　春宵（しゅんしょう）・春の宵
　春暮（しゅんぼ）・春の暮
春の夜　夜半の春（よわのはる）

初春　立春（二月四日頃）から啓蟄（三月六日頃）の前日

立春《りっしゅん》　春立つ・春来る
寒明《かんあけ》　寒の明・寒明ける
早春《そうしゅん》　春浅し・浅春
冴返る《さえかえる》　寒戻る・凍返る（いてかえる）
春寒し　余寒（よかん）・春寒（しゅんかん）
春遅し　遅春（ちしゅん）・遅き春
春めく　春兆す（はるきざす）

仲春　啓蟄（三月六日頃）から清明（四月五日頃）の前日

春なかば　春さなか
彼岸《ひがん》　彼岸前・彼岸過

晩春　清明（四月五日頃）から立夏（五月五日）の前日

春深し　春たけなわ・春深む
花冷《はなびえ》　花の冷え
花時《はなどき》　花の頃・花支度（はなじたく）
春暑し　暑き春・春の汗
目借時《めかりどき》　蛙の目借時
　（眠いのは蛙が人の目を借りるため）
行く春《ゆくはる》　春の名残・春のかたみ
　春の果・春行く・春尽く
春暮れる　暮の春・暮春（ぼしゅん）
春惜む　惜春（せきしゅん）
夏近し　夏隣（なつとなり）

夏

三夏　五月五日頃から八月七日頃

暑し《あつし》　暑き日・暑き夜
涼し《すずし》　朝涼（あさすず）・夕涼（ゆうすず）
夏の朝　夏の暁（なつのあかつき）
夏の昼　炎昼（えんちゅう）

夏の夕　夏の宵（なつのよい）
夏の夜　夜半の夏（よわのなつ）
短夜 みじかよ　明易し（あけやすし）・明急ぐ

初夏 立夏（五月五日頃）から芒種（六月六日頃）の前日

立夏 りっか　夏立つ・夏来る・今朝の夏
薄暑 はくしょ　薄暑光（はくしょこう）
夏めく　夏兆す（なつきざす）・夏浅し
麦秋 ばくしゅう　麦の秋（むぎのあき）

仲夏 芒種（六月六日頃）から小暑（七月七日頃）の前日

夏なかば
入梅 にゅうばい　梅雨に入る・梅雨入（つゆり）
白夜 はくや　白夜（びゃくや）
夏至 げし　夏至の雨・夏至の夜

晩夏 小暑（七月七日頃）から立秋（八月七日頃）の前日

夏深し　夏たけなわ
梅雨明 つゆあけ　梅雨晴・
土用 どよう　土用入・土用明
盛夏 せいか　真夏・夏盛ん
極暑 ごくしょ　酷暑（こくしょ）・炎暑（えんしょ）
真夏日・熱帯夜
夏の果 なつのはて　夏果てる・夏終る
秋近し　夏隣（なつとなり）・夜の秋

秋

三秋 八月七日頃から一一月六日頃

爽やか さわやか　さやけし・爽涼（そうりょう）
秋澄む あきすむ　空澄む・秋気（しゅうき）
秋麗 あきうらら　秋うらら（「うらら」は春）
身に入む みにしむ
夜長 よなが　長き夜・秋の夜
秋の朝 あきのあさ　秋の夜明
秋の暮 あきのくれ　秋の夕暮
秋の夜 あきのよる　夜半の秋（よわのあき）

初秋 立秋（八月七日頃）から白露（九月八日頃）の前日

立秋 りっしゅう　秋立つ・今朝の秋
新涼 しんりょう　秋涼し・涼新た
残暑 ざんしょ　秋暑し・秋暑（しゅうしょ）
秋めく　秋染む（あきしむ）・秋づく

仲秋 白露（九月八日頃）から寒露（一〇月八日頃）の前日

秋彼岸 あきひがん（単に「彼岸」は仲春）
冷やか　秋冷え・朝冷（あさびえ）

晩秋 寒露（一〇月八日頃）から立冬（一一月七日頃）の前日

秋深し　秋たけなわ

暮の秋《くれのあき》　秋暮る・暮秋（ぼしゅう）
行く秋《ゆくあき》　秋の名残・秋の果・秋惜む
秋寒《あきさむ》　やや寒・うそ寒・そぞろ寒
肌寒《はださむ》　朝寒・夜寒・露寒（ゆざむ）
冬近し　冬隣（ふゆとなり）・冬待つ

冬

三冬　一一月七日頃から二月三日頃

寒し　寒冷・寒気・宿寒し
冷たし　底冷　（「冷やか」は仲秋）
冴ゆる《さゆる》　影冴ゆ・声冴ゆ・星冴ゆ
凍る《こおる》　凍てる（いてる）・凍てつく
冬ざれ　冬ざれる
短日《たんじつ》　暮早し・日短か
冬の朝　寒暁（かんぎょう）・冬の曙
冬の夕　寒暮（かんぼ）・冬の暮
冬の夜　寒夜（かんや）・霜夜（しもよ）
冬暖か　暖冬・冬ぬくし

初冬　立冬（一一月七日頃）から大雪（一二月七日頃）の前日

立冬《りっとう》　冬立つ・今朝の冬
小春《こはる》　小春日・小春日和
冬めく　冬浅し

仲冬　大雪（一二月七日頃）から小寒（一月五日頃）の前日

年の暮《としのくれ》　歳末（さいまつ）・年末
冬至《とうじ》　一陽来復・冬至南瓜
行く年《ゆくとし》　年逝く・年送る
年惜しむ　惜年（せきねん）
年の内《としのうち》　年内（ねんない）
年越《としこし》　年を越す・年越そば
大晦日《おおみそか》　大年（おおとし）
年の夜《としのよ》　除夜・除夜詣

晩冬　小寒（一月五日頃）から立春（二月四日頃）の前日

寒の内《かんのうち》　寒の入・大寒・寒中見舞
冬深し　真冬・真冬日
厳寒《げんかん》　厳冬・酷寒・極寒
春近し　春隣（はるとなり）・春を待つ
日脚伸ぶ《ひあしのぶ》
冬尽く《ふゆつく》　冬の名残・冬果つ

新年

新春《しんしゅん》　年の始・あらたまの年
元日《がんじつ》　日の始
元朝《がんちょう》　元旦・歳旦（さいたん）
去年今年《こぞことし》

降り物1

雨

春の雨

春雨　はるさめ　三春
春時雨　はるしぐれ　三春
春霖　しゅんりん　三春
菜種梅雨　なたねづゆ　晩春

夏の雨

夏雨　なつさめ　三夏
　緑雨（りょくう）
夕立　ゆうだち・ゆだち　三夏
白雨（はくう）・驟雨（しゅうう）
スコール　三夏
青時雨　あおしぐれ　三夏
　青葉時雨
雷雨　らいう　三夏
茅花流し　ばなながし　初夏
卯の花腐し　うのはなくたし　初夏
筍流し　たけのこながし　初夏

走り梅雨　はしりづゆ　初夏
　梅雨の前ぶれ
　迎え梅雨

梅雨　つゆ　仲夏
　青梅雨・空梅雨・麦雨
五月雨　さみだれ　仲夏
　五月闇
虎が雨　とらがあめ　仲夏
送り梅雨　おくりつゆ　晩夏
　戻り梅雨
喜雨　きう　晩夏

秋の雨

秋雨　あきさめ　三秋
　秋黴雨（あきついり）
秋霖　しゅうりん　三秋
　秋湿り
秋の村雨　三秋
霧雨　きりさめ　三秋
御山洗　おやまあらい　初秋
秋時雨　あきしぐれ　晩秋
露時雨　つゆしぐれ　晩秋

冬の雨

初時雨　はつしぐれ　初冬
時雨　しぐれ　初冬
　小夜時雨・村時雨
　片時雨
寒の雨　かんのあめ　晩冬

新年の雨

御降　おさがり　新年
　富正月

雑の雨（季節に関わらない雨）

雨　あめ
大雨　おおあめ
豪雨　ごうう
にわか雨
地雨　じあめ
　地雨になる
小糠雨　こぬかあめ
雨間　あまあい
雨足　あまあし
雨音　あまおと

降り物２

雪 ゆき **晩冬**
（単に「雪」といえば晩冬）
六花 むつのはな
雪の花 ゆきのはな
　雪華・雪片
風花 かざはな
雪の声 ゆきのこえ
新雪 しんせつ
根雪 ねゆき
深雪 みゆき
吹雪 ふぶき
　地吹雪・雪煙

晩冬以外の雪
初雪 はつゆき 仲冬
御降 おさがり 新年
春の雪 はるのゆき 三春
春雪 しゅんせつ
淡雪 あわゆき 三春
牡丹雪 ぼたんゆき
綿雪 ささめゆき
かたびら雪

斑雪 はだれ 三春
雪の果 ゆきのはて 仲春
　涅槃雪・名残の雪
　雪の別れ・忘れ雪
残雪 ざんせつ 仲春
雪崩 なだれ 仲春
雪解 ゆきどけ・ゆきげ 仲春
雪渓 せっけい 晩夏
富士の初雪 仲秋

霰 あられ **晩冬**
（単に「霰」といえば晩冬）
霰打つ・朝霰・玉霰
春の霰 はるのあられ 三春

霙 みぞれ **三冬**
（単に「霙」といえば三冬）
春の霙 はるのみぞれ 三春

雹 ひょう **三夏**
（単に「雹」といえば三夏）
氷雨 ひさめ 三夏

霜 しも **三冬**
（単に「霜」といえば三冬）
霜の花 しものはな
朝霜 あさじも
霜夜 しもよ
霜柱 しもばしら
春の霜 はるのしも 三春
別れ霜 わかれじも 晩春
霜の果 しものはて
夏の霜 なつのしも 三夏
秋の霜 あきのしも 晩秋
露霜 つゆじも 晩秋
初霜 はつしも 初冬

露 つゆ **三秋**
（単に「露」といえば三秋）
白露 しらつゆ
朝露 あさつゆ
夜露 よつゆ
露けし・露光る
露の世・露の身
夏の露 なつのつゆ 三夏
露涼し つゆすずし

そびき物

雲

春の雲　三春
春雲　はるぐも　三春
夏の雲　三夏
夏雲　なつぐも　三夏
雲の峰　くものみね　三夏
峰雲・入道雲
雷雲　らいうん　三夏
梅雨雲　つゆぐも　仲夏
五月雲　さつきぐも　仲夏
雲海　うんかい　晩夏
秋の雲　三秋
秋雲　あきぐも　三秋
鰯雲　いわしぐも　三秋
うろこ雲・鯖雲
冬の雲　三冬
冬雲　ふゆぐも　三冬
凍雲　いてぐも
寒雲　かんうん
雪雲　ゆきぐも　晩冬

季感のない雲

雲　くも
茜雲　あかねぐも
村雲（叢雲）　むらくも
飛行雲　ひこうぐも
飛行機雲
雲流る

霞　かすみ　三春

（単に「霞」といえば三春）
夕霞・遠霞
霞たなびく・霞立つ
鐘霞む　かねかすむ
夏霞　なつがすみ　三夏
冬霞　ふゆがすみ　三冬

朧　おぼろ　三春

朧夜・草朧・花朧・谷朧
鐘朧・影朧

霧　きり　三秋

（単に「霧」といえば三秋）
朝霧・夕霧・夜霧
山霧・野霧・川霧
濃霧・狭霧
霧の帳　きりのとばり
霧晴れる
夏霧　なつぎり　三夏
海霧　じり（うみぎり）　三夏

陽炎　かげろう　三春

虹　にじ　三夏

（単に「虹」といえば三夏）
朝虹・夕虹・虹の橋
二重虹　ふたえにじ
虹立つ
初虹　はつにじ　晩春
春の虹　晩春
冬の虹　三冬

その他の天象

風

春の風

春風　はるかぜ　三春
　春風　しゅんぷう
東風　こち　三春
　強東風　つよごち
　軟東風　やわごち
　夕東風　ゆうごち
風光る　かぜひかる　三春
　風やわらか
春荒れ　三春
　春嵐　はるあらし
ようず　三春
フェーン　三春
春一番　はるいちばん　初春
涅槃西風　ねはんにし　仲春
貝寄風　かいよせ　仲春

夏の風

夏風　なつかぜ　三夏
　青葉風・緑風(りょくふう)
南風　みなみ、まじ　三夏
　南吹く・沖南風(おきはえ)
だし　三夏
　だしの風
青嵐　あおあらし　三夏
薫風　くんぷう　三夏
　風薫る　かぜかおる
麦嵐　むぎあらし　初夏
黒南風　くろはえ　仲夏
白南風　しらはえ　晩夏

秋の風

秋風　あきかぜ　三秋
　色なき風
爽籟　そうらい　三秋
秋の嵐　三秋
初嵐　はつあらし　初秋
盆東風　ぼんごち　初秋
送南風　おくりまぜ　初秋
台風　たいふう　仲秋
　台風の目
野分　のわき　仲秋
黍嵐　きびあらし　仲秋
高西風　たかにし　晩秋

冬の風

冬風　ふゆかぜ　三冬
　寒風　かんぷう
北風　きたかぜ　三冬
空風　からかぜ　三冬
北颪　きたおろし　三冬
　赤城おろし・六甲おろし
隙間風　すきまかぜ　三冬
凩　こがらし　初冬
　木枯し
神渡　かみわたし　初冬
吹雪　ふぶき　晩冬

新年の風

初風　はつかぜ　新年
初東風　はつごち　新年
初凪　はつなぎ　新年

季感のない風

風　かぜ
　大風　おおかぜ
　微風　そよかぜ
浜風・浦風・海風
朝風・夕風・夜風
横風・松風・松籟

雷《かみなり》　**三夏**
（単に「雷」といえば三夏）
春雷《しゅんらい》　三春
初雷《はつらい》　仲春
雷《かみなり》　三夏
稲妻《いなずま》　三秋
雪起し《ゆきおこし》　三冬

月《つき》　**三秋**
（単に「月」といえば三秋）
→二二九頁に「月の異名」
春の月
春月《しゅんげつ》　三春
春満月《はるまんげつ》
朧月《おぼろつき》　三春
月朧《つきおぼろ》
夏の月
夏月《なつづき》　三夏
夏の霜《なつのしも》
月涼し《つきすずし》　三夏
涼月《りょうげつ》
梅雨の月　仲夏

秋の月
月《つき》　三秋
弦月《げんげつ》
上弦・下弦
有明《ありあけ》
残月《ざんげつ》
宵闇《よいやみ》　三秋
盆の月《ぼんのつき》　初秋
無月《むげつ》　仲秋
初月《はつづき》　仲秋
二日月《ふつかづき》　仲秋
三日月《みかづき》　仲秋
名月《めいげつ》　仲秋
良夜《りょうや》　仲秋
十六夜《いざよい》　仲秋
居待月《いまちづき》　仲秋
立待月《たちまちづき》　仲秋
更待月《ふけまちづき》　仲秋
臥待月《ふしまちづき》　仲秋
二十三夜　仲秋
雨月《うげつ》　仲秋
待宵《まつよい》　仲秋
後の月《のちのつき》　晩秋

冬の月
冬月《ふゆづき》　三冬
寒月《かんげつ》　三冬
月冴える　三冬
凍月《いてづき》

星《ほし》　**雑**
春の星《はるのほし》　三春
春星《はるぼし》　三春
星朧《ほしおぼろ》　三春
夏の星《なつのほし》　三夏
星涼し　三夏
秋の星《あきのほし》　三秋
ペガサス・白鳥座
天の川《あまのがわ》　三秋
流星《りゅうせい》　三秋
流れ星・夜這星
星月夜《ほしづくよ》　仲秋
冬の星《ふゆのほし》　三冬
寒星《かんぼし》
寒昴《かんすばる》　三冬

季節の日和

春の日《はるのひ》	**三春**
春の空《はるのそら》	三春
春塵《しゅんじん》	三春
黄砂《こうさ》	三春
霾《つちふる》	三春
春光《しゅんこう》	三春
春色《しゅんしょく》	三春
鳥曇《とりぐもり》	仲春
蜃気楼《しんきろう》	晩春
花曇《はなぐもり》	晩春

夏の日《なつのひ》	**三夏**
夏の空《なつのそら》	三夏
夏の色《なつのいろ》	三夏
卯月曇《うづきぐもり》	初夏
梅雨《つゆ》	仲夏
空梅雨《からつゆ》	仲夏
五月闇《さつきやみ》	仲夏
五月晴《さつきばれ》	仲夏
朝曇《あさぐもり》	晩夏
日盛《ひざかり》	晩夏
炎天《えんてん》	晩夏
片陰《かたかげ》	晩夏
西日《にしび》	晩夏
夕焼《ゆうやけ》	晩夏
夕凪《ゆうなぎ》	晩夏
旱《ひでり》	晩夏

秋の日《あきのひ》	**三秋**
秋の空《あきのそら》	三秋
秋の色《あきのいろ》	三秋
秋の声《あきのこえ》	三秋
秋高し《あきたかし》	三秋
天高し	三秋
秋晴《あきばれ》	三秋
秋日和《あきびより》	三秋
夕月夜《ゆうづきよ》	初秋
初嵐《はつあらし》	仲秋
台風《たいふう》	仲秋
野分《のわき》	仲秋

冬の日《ふゆのひ》	**三冬**
冬の空《ふゆのそら》	三冬
寒空・凍空（いてぞら）	
冬晴《ふゆばれ》	三冬
雪晴《ゆきばれ》	晩冬
冬日和《ふゆびより》	三冬
小春日和	初冬
寒波《かんぱ》	三冬
冬凪《ふゆなぎ》	三冬
鎌鼬《かまいたち》	三冬
年の空《としのそら》	仲冬
真冬日《まふゆび》	晩冬
霧氷《むひょう》	晩冬

初日《はつひ》	**新年**
初空《はつぞら》	新年
初明り《はつあかり》	新年
初晴《はつばれ》	新年
初凪《はつなぎ》	新年

地理

山

春の山	はるのやま	三春
春嶺	しゅんれい	三春
山笑う	やまわらう	三春
弥生山	やよいやま	晩春
夏の山	なつのやま	三夏
青嶺	あおね	三夏
山滴る	やましたたる	三夏
夏富士	なつふじ	三夏
雪解富士	ゆきげふじ	初夏
五月富士	さつきふじ	仲夏
赤富士	あかふじ	晩夏
雪渓	せっけい	晩夏
秋の山	あきのやま	三秋
秋嶺	しゅうれい	三秋
山粧う	やまよそおう	三秋
冬の山	ふゆのやま	三冬
冬嶺	ふゆみね	三冬
山眠る	やまねむる	三冬
新年の山		
初富士	はつふじ	新年

野

春の野	はるのの	三春
焼野	やけの	初春
末黒野	(すぐろの)	
弥生野	やよいの	晩春
夏の野	なつのの	三夏
夏野	なつの	三夏
青野	あおの	三夏
秋の野	あきのの	三秋
花野	はなの	三秋
花畑	はなばたけ	三秋
末枯野	うらがれの	晩秋
冬の野	ふゆのの	三冬
冬野	ふゆの	三冬
枯野	かれの	三冬
枯野道・朽野	(くだらの)	
雪野	ゆきの	晩冬
雪原・雪景色		
新年の野		
若菜野	わかなの	新年
無季の野		
野・野山・野原・野道		

田

春の田	はるのた	三春
春田	はるた	三春
苗田	なえた	晩春
苗代・畦青む		
夏の田	なつのた	三夏
代田	しろた	初夏
植田	うえた	仲夏
青田	あおた	晩夏
青田道		
旱田	ひでりだ	晩夏
秋の田	あきのた	三秋
秋田	あきた	三秋
稲田	いなだ	三秋
早稲田	(わせだ)	
刈田	かりた	晩秋
穭田	ひつじだ	晩秋
冬の田	ふゆのた	三冬
冬田	ふゆた	三冬
無季の田		
田・畔・畦道・田道		

畑

春の畑

畑打《はたうち》　三春

　畑焼《はたやき》

桑畑《くわばたけ》　晩春

茶畑《ちゃばたけ》　晩春

菜の花畑　晩春

夏の畑

夏畑《なつばたけ》　三夏

苺畑《いちごばたけ》　初夏

麦畑《むぎばたけ》　初夏

西瓜畑《すいかばた》　晩夏

ひまわり畑　晩夏

旱畑《ひでりばた》　晩夏

秋の畑

黍畑《きびばたけ》　仲秋

甘藷畑《いもばたけ》　仲秋

菊畑《きくばたけ》　晩秋

冬の畑

大根畑《だいこんばたけ》　三冬

無季の畑

畑・荒畑（あらばたけ）段々畑

土

春の土《はるのつち》　三春

　春泥《しゅんでい》　三春

　雪間《ゆきま》　仲春

秋の土《あきのつち》　三秋

水

春の水《はるのみず》　三春

秋の水《あきのみず》　三秋

川

春の川《はるのかわ》　三春

　春江・春の瀬

夏の川《なつのかわ》　三夏

秋の川《あきのかわ》　三秋

冬の川《ふゆのから》　三冬

滝

滝《たき》　三夏

　滝壺・滝涼し

泉

泉《いずみ》　三夏

海

春の海《はるのうみ》　三春

　春の磯・春の波・春潮

　赤潮

夏の海《なつのうみ》　三夏

　夏海（なつうみ）・夏の波

秋の海《あきのうみ》　三秋

　秋の波・秋濤（しゅうとう）

冬の海《ふゆのうみ》　三冬

　冬の波

湖

春の湖《はるのうみ》　三春

　春の湖（みずうみ）

夏の湖《なつのうみ》　三夏

　夏の湖（みずうみ）

秋の湖《あきのうみ》　三秋

冬の湖《ふゆのうみ》　三冬

宗教

神祇

着帯祝・命名祝・初宮詣
厄除け
参詣・参拝・宮参り・参宮
お百度

神事

歳旦祭《さいたんさい》（一月一日）　新年
若菜祭《わかなまつり》（一月七日）　新年
左義長《さぎちょう》（一月十五日）　新年
祈年祭《きねんさい》（二月十七日）　初春
御祓《みそぎ》（六月三十日）　晩夏
閻魔詣《えんままいり》（七月一六日）　晩夏

神嘗祭《かんなめさい》　晩秋
神送《かみおくり》　初冬
神の旅・神の留守
神迎《かみむかえ》　初冬
七五三《しちごさん》　初冬
新嘗祭《にいなめさい》（十一月二十三日）　初冬

参詣

初詣《はつもうで》　新年
伊勢参《いせまいり》　三春
お陰参り
遍路《へんろ》　三春
富士詣《ふじもうで》　晩夏

祭

春祭《はるまつり》　三春
祭《まつり》　三夏
秋祭《あきまつり》　三秋
村祭・里祭
初午《はつうま》　初春
酉の市《とりのいち》　初冬
お酉さま・熊手

各地の祭

春日祭《かすがまつり》　仲春
安良居祭《やすらいまつり》　晩春
葵祭《あおいまつり》　初夏
神田祭《かんだまつり》　初夏
三社祭《さんじゃまつり》　初夏
祇園祭《ぎおんまつり》　晩夏
博多山笠《はかたやまかさ》　晩夏
天神祭《てんじんまつり》　晩夏

季感のない言葉

社（やしろ）・神社・神宮
鎮守・祠（ほこら）・お宮
鳥居（とりい）
拝殿・本殿
こま犬・神牛
稲荷（いなり）・お稲荷さん
禰宜（ねぎ）・巫女（みこ）
禊ぎ（みそぎ）・お祓い
神楽（かぐら）・
御籤（みくじ）・大吉・凶
福の神・貧乏神

釈教

仏・仏陀・釈迦・釈尊
世尊・如来・阿弥陀
薬師・菩薩・観世音
観音・地蔵・不動尊
閻魔・仁王・韋駄天
大乗・小乗
密教・真言宗
法華宗・天台宗・日蓮宗
浄土宗・浄土真宗
禅宗・臨済宗・曹洞宗

仏事

開帳《かいちょう》　三春
遍路《へんろ》　三春
御水取《おみずとり》　仲春
御松明《おたいまつ》　仲春
涅槃会《ねはんえ》　仲春
　涅槃図・寝釈迦
彼岸会《ひがんえ》　仲春
　彼岸詣・彼岸寺・お中日

仏生会《ぶっしょうえ》　晩春
　灌仏会《かんぶつえ》
　花祭
花御堂《はなみどう》　晩春
甘茶《あまちゃ》　晩春
鐘供養《かねくよう》　晩春
安居《あんご》　三夏
　夏行《げぎょう》
　夏入《げいり》
　夏書《げがき》　三夏
　夏花《げばな》　三夏
峰入《みねいり》　三夏
夏念仏《なつねんぶつ》　晩夏
盂蘭盆《うらぼん》　初秋
　盆・魂祭り
　初盆・新盆（にいぼん）
　迎火《むかえび》
　送火《おくりび》
　精霊火《しょうりょうび》
　灯籠流し・盆花
施餓鬼《せがき》　初秋
地蔵盆《じぞうぼん》　初秋
　地蔵会・地蔵参

秋彼岸会《あきひがんえ》　仲秋
臘八会《ろうはちえ》　仲冬
冬安居《ふゆあんご》　仲冬
寒念仏《かんねんぶつ》　晩冬

季感のない言葉

寺・伽藍（がらん）・寺院
山寺・古刹（こさつ）・禅寺
山門・門前
南大門・仁王門
仏堂・御堂・阿弥陀堂
本堂・方丈・金色堂
鐘楼（しょうろう）・鐘撞き堂
国分寺・五重塔
縁切寺・駆け込み寺
尼寺・菩提寺
お経・経典・経文
読経・経を読む
般若心境・色即是空
念仏・南無阿弥陀仏
六根清浄・

キリスト教

カトリック
プロテスタント・新教
ギリシヤ正教

キリスト教の行事

カーニバル　初春
謝肉祭
バレンタインの日（二月一四日）　初春
御告祭《おつげさい》　仲春
聖母祭・受胎告知日
（受胎告知日　三月二五日）
灰の水曜日　仲春
（イースターから四六日前）
受難節《じゅなんせつ》　晩春
受難日
（復活祭の前の四〇日間）

聖週間《せいしゅうかん》　晩春
受難週《じゅなんしゅう》
（復活祭前日までの一週間）
聖木曜日《せいもくようび》　晩春
最後の晩餐
聖金曜日　晩春

受難日・受苦日

復活祭《ふっかつさい》　晩春
イースター・染卵
（春分後の最初の満月直後の日曜日）

昇天祭《しょうてんさい》　初夏
キリスト昇天祭
（イースターから四〇日目）
降臨祭《こうりんさい》　仲夏
聖霊降臨祭・五旬祭
ペンテコステ
（イースターから五〇日目）
被昇天祭《ひしょうてんさい》　初秋
聖母祭・聖母昇天祭
（八月一五日）

ハロウィン　晩秋
ジャック・オー・ランタン
（一〇月三一日）
万聖節《ばんせいせつ》　晩秋
諸聖人の祭日
（一一月一日）
感謝祭《かんしゃさい》　初冬
サンクスギビングデー
（米国では一一月の第四木曜日）

クリスマス　仲冬
降誕祭（こうたんさい）
（一二月二五日）
聖燭節《せいしょくせつ》　晩冬
（カトリックの祝日、二月二日）
初彌撒《はつみさ》　新年
絵踏《えぶみ》　初春

季感のない言葉

キリスト
聖書・新約聖書
教会・チャペル・礼拝堂
聖堂・大聖堂
神父・パードレ・司祭・司教
牧師
洗礼・聖水
ミサ・弥撒・讃美歌

イスラム教・回教

ムスリム
アッラー（アラー）
コーラン（クルアーン）
　アラーの言葉
ハディース（第二の敬典）
六信五行（ろくしんごぎょう）
ムハンマド（マホメット）
メッカ（聖地）
礼拝（サラート）
エルサレム
モスク
スンナ派・シーア派
サラート（礼拝）
ハラール（ハラール食）
ヒジャブ（女性の髪覆い）
イスラム暦（ヒジュラ暦）

イスラム教の行事

ラマダン（断食月）
イド・アル・フィトル
（ラマダンが明けたことを祝う祭日）
犠牲祭
（イード・アル＝アドバー）

ヒンズー教
（ヒンドゥー教）

シヴァ神
ヴィシュヌ神
ブラフマー神
ヴェーダ
インダス川
バラモン教
輪廻《りんね》
カースト制
ヨガ（ヨーガ）
四住期《しじゅうき》
　学生期《がくしょうき》
　家住期《かじゅうき》
　林住期《りんじゅうき》
　遊行期《ゆぎょうき》

ユダヤ教

ヤハウェ
モーセ五書
旧約聖書
ダビデの星

ギリシャの神々

オリュンポスの神々
ゼウス（ジュピター）
ポセイドン（ネプチューン）
　海の神
アテナ（ミネルヴァ）
アポロン（アポロ）
　太陽の神
アフロディーテ
（ヴィーナス）
アルテミス（月の神）
ディオニソス（バッカス）
　酒の神
ケンタウロス（半人半獣）

他の宗教など

ゾロアスター教
ミトラ教
儒教《じゅきょう》
道教《どうきょう》
陰陽道《おんみょうどう》
修験道《しゅげんどう》
占星術《せんせいじゅつ》

行事

春の行事

春祭《はるまつり》　三春
旧正月《きゅうしょうがつ》　初春
　春節《しゅんせつ》
バレンタインデー　初春
納税期《のうぜいき》　初春
　確定申告《かくていしんこく》
桃の節句《もものせっく》　仲春
　雛祭・雛飾・雛の客
ホワイトデー　仲春
彼岸《ひがん》　仲春
　彼岸前・彼岸過
春分の日《しゅんぶんのひ》　仲春
入学試験　仲春
進級《しんきゅう》　仲春
卒業《そつぎょう》　仲春
　卒業式・卒業子
春休み《はるやすみ》　仲春
入学《にゅうがく》　仲春
　入学生・新入生
新社員《しんしゃいん》　仲春
　入社式
四月馬鹿　仲春
　エイプリルフール
　万愚節《まんぐせつ》
緑の週間　仲春
春闘《しゅんとう》　晩春
ゴールデンウィーク　晩春
　黄金週間
メーデー　晩春

夏の行事

祭《まつり》　三夏
　夏祭《なつまつり》　三夏
子供の日　初夏
　端午・鯉幟・武者人形
菖蒲湯《しょうぶゆ》　初夏
愛鳥週間　初夏
母の日　初夏
父の日　仲夏
山開き《やまびらき》　仲夏
海開き《うみびらき》　仲夏
夏のボーナス　仲夏
海の日　晩夏
土用《どよう》　晩夏
　土用入・土用鰻
暑中見舞　晩夏
　夏見舞・土用見舞
夏休み《なつやすみ》　晩夏
帰省《きせい》　晩夏
林間学校　晩夏
原爆の日《げんばくのひ》　晩夏
　原爆忌
朝顔市《あさがおいち》　晩夏

秋の行事

秋祭《あきまつり》　三秋
七夕《たなばた》　初秋
　星祭・星今宵
中元《ちゅうげん》　初秋
盂蘭盆会《うらぼんえ》　初秋
　盆・盆祭・**盆踊り**
盆休み《ぼんやすみ》　初秋
終戦記念日　初秋
　敗戦の日
防災の日　初秋

敬老の日　仲秋
馬の市《うまのいち》　仲秋
秋彼岸《あきひがん》　仲秋
秋分の日　仲秋
赤い羽根　晩秋
重陽《ちょうよう》　晩秋
　菊の節句・菊の宴
スポーツの日　晩秋
ハロウィーン　晩秋
文化の日　晩秋
紅葉狩《もみじがり》　晩秋

冬の行事

酉の市《とりのいち》　初冬
勤労感謝の日　初冬
ボーナス　仲冬
社会鍋《しゃかいなべ》　仲冬
　慈善鍋
討入の日《うちいりのひ》　仲冬
冬至《とうじ》　仲冬
　柚子湯（ゆずゆ）・冬至南瓜
冬休み《ふゆやすみ》　仲冬
煤払《すすはらい》　仲冬

年用意《としようい》　仲冬
年の市《としのいち》　仲冬
歳暮《せいぼ》　仲冬
飾売《かざりうり》　仲冬
年忘《としわすれ》　仲冬
忘年会《ぼうねんかい》
クリスマス　仲冬
御用納《ごようおさめ》　仲冬
餅つき《もちつき》　仲冬
年取《としとり》　仲冬
寒稽古《かんげいこ》　晩冬
寒見舞《かんみまい》　晩冬
節分《せつぶん》　晩冬
　豆撒《まめまき》
　恵方巻《えほうまき》
厄落《やくおとし》　晩冬
厄払《やくばらい》　晩冬

新年の行事

初詣《はつもうで》　新年
参賀《さんが》　新年
御用始《ごようはじめ》　新年
初荷《はつに》　新年

新年会《しんねんかい》　新年
七草《ななくさ》　新年
初市《はついち》　新年
歌会始《うたかいはじめ》　新年
松納《まつおさめ》　新年
出初《でぞめ》　新年
成人の日　新年
飾納《かざりおさめ》　新年
小豆粥《あずきがゆ》　新年
餅花《もちばな》　新年
左義長《さぎちょう》　新年
　どんど焼
鳥追《とりおい》　新年
藪入《やぶいり》　新年
獅子舞《ししまい》　新年
猿廻し《さるまわし》　新年

季感のない行事

歩行者天国
蚤の市《のみのいち》
バザール（慈善市）
大売出し

農業

稲作（仕事）

田打《たうち》　晩春
　田返し
畦塗《あぜぬり》　晩春
苗代《なわしろ》　晩春
　苗代作り
種浸し《たねひたし》　晩春
　種漬け
種井《たねい》　晩春
種蒔《たねまき》　晩春
　籾おろし《もみおろし》
　水口祭《みなくちまつり》
代掻く《しろかく》　初夏
　田掻く・代馬（しろうま）
田植《たうえ》　仲夏
　田植唄・田植笠
早乙女《さおとめ》　仲夏
　早苗饗《さなぶり》　仲夏
田草取《たくさとり》　晩夏
　一番草・二番草
　三番草・留草

田守《たもり》　三秋
　稲番《いなばん》
落し水《おとしみず》　三秋
　田水落す
案山子《かかし》　三秋
　鳴子・鳥威し
　鹿火屋（かびや）
豊年《ほうねん》　仲秋
　豊作《ほうさく》
　豊の秋《とよのあき》
凶作《きょうさく》　仲秋
稲刈《いねかり》　晩秋
　稲舟《いなぶね》
稲架《はざ》　晩秋
　稲干す
　稲掛《いねかけ》
稲扱《いねこき》　晩秋
　稲打・脱穀
籾《もみ》　晩秋
　籾干（もみほし）・籾摺
新米《しんまい》　晩秋
　今年米

田

春田《はるた》　三春
　花田・げんげ田
苗田《なえた》　晩春
　苗代田
代田《しろた》　初夏
植田《うえた》　仲夏
青田《あおた》　晩夏
　青田道・青田風・
　青田波
　秋田《あきた》　三秋
　秋の田・稲田・田の色
旱田《ひでりだ》　晩夏
秋田《あきた》　三秋
稲田《いなだ》　三秋
　早稲田（わせだ）
刈田《かりた》　晩秋
　刈田道・刈田風
穭田《ひつじだ》　晩秋
冬田《ふゆた》　三冬
　休め田・冬田道
　冬田面

麦作（仕事）

麦蒔《むぎまき》 初冬
麦の芽《むぎのめ》 初冬
麦青む 三春
青麦《あおむぎ》 三春
麦踏《むぎふみ》 初春
麦を踏む 初春
麦の秋《むぎのあき》 初夏
麦秋《ばくしゅう》 初夏
麦刈《むひかり》 初夏
麦扱《むぎこき》
麦打《むぎうち》
麦《むぎ》 初夏
麦の穂・穂麦
麦笛《むぎぶえ》 初夏
麦藁《むぎわら》 初夏
麦畑《むぎばたけ》 初夏
麦扱《ぶぎこき》 初夏
麦打《むぎうち》 初夏
新麦《しんむぎ》 初夏
今年麦《ことしむぎ》 初夏
陳麦《ひねむぎ》 初夏

茶作

茶の花《ちゃのはな》 初冬
茶摘《ちゃつみ》 晩春
茶摘女・茶摘唄・茶摘籠
茶山・茶畑・八十八夜
製茶《せいちゃ》 晩春
新茶《しんちゃ》 初夏

畑作

野焼《のやき》 初春
畑焼《はたやき》 初春
畦焼く・畦火
山焼《やまやき》 初春
耕《たがやし》 三春
春耕・耕牛
畑打《はたうち》 三春
種芋《たねいも》 初春
種物《たねもの》 仲春
苗床《なえどこ》 仲春
農具市《のうぐいち》 仲春
秋耕《しゅうこう》 三秋
冬耕《とうこう》 三冬
鍬始《くわはじめ》 新年

養蚕

桑解く《くわとく》 仲春
桑摘《くわつみ》 晩春
蚕飼《こがい》 晩春
蚕棚《こだな・かいこだな》
飼屋《かいや》
蚕《かいこ》 晩春
春蚕《はるご》
捨蚕《すてご》
桑子《くわこ》
春挽糸《はるびきいと》 三春
上族《じょうぞく》 初夏
繭《まゆ》 初夏
新繭・屑繭・繭掻く
蚕蛾《さんが》 仲夏
繭の蝶《まゆのちょう》
夏蚕《なつご》 仲夏
糸取《いととり》 仲夏
繭煮る
新糸《しんいと》 仲夏
秋蚕《あきご》 仲秋
秋の繭《あきのまゆ》
桑括る《くわくくる》 晩秋

漁業・釣り

海の漁業・釣り

渡り漁夫　わたりぎょふ　仲春
　ヤンシュ来る
鰊漁　にしんりょう　晩春
　にしん舟・鰊網
磯開　いそびらき　晩春
　初磯　はついそ
鱚釣　きすずり　三夏
　きす舟
鰹釣　かつおつり　三夏
　鰹舟　かつおぶね
烏賊釣　いかつり　三夏
　烏賊舟・烏賊火
鯊釣り　はぜづり　三秋
　鯊船　はぜぶね
根釣　ねづり　晩秋
　根魚釣　ねうおつり
鮪釣　まぐろつり　三冬
　鮪舟・鮪網・本鮪
初漁　はつりょう　新年
　漁始　りょうはじめ
遠洋漁業　雑
漁火　いさりび　雑
磯釣り・沖釣り

川の漁業・釣り

白魚漁　しらうおぎょう　初春
　白魚捕り　しらおとり
　白魚舟・白魚網
春鮒釣　はるぶなつり　晩春
　乗込鮒　のっこみぶな
鱒釣　ますづり　晩春
　桜鱒　さくらます
川狩　かわがり　三夏
　掻堀　かいぼり
　投網　とあみ
　川干　かわぼし
簗　やな　三夏
　上り簗　のぼりやな　三春
　下り簗　くだりやな　三秋
　崩れ簗　くずれやな　晩秋
夜振　よぶり　三夏
夜釣　よつり　三夏
　夜釣火　よづりび

鮎漁　あゆりょう　三夏
　若鮎　わかあゆ　晩春
　落鮎　おちあゆ　三秋
岩魚釣　いわなづり　三夏
山女釣　やまめづり　三夏
渓流釣り　けいりゅうづり　雑
鵜飼　うかい　三夏
　鵜舟　うぶね
　鵜匠
　鵜篝　うかがり
鮭漁　さけりょう　三秋
　鮭網　さけあみ　晩秋
　鮭打　さけうち　晩秋
　鮭小屋　さけごや　晩秋
網代　あじろ　三冬
　網代打　あじろうち　三冬

他の漁業・釣り

公魚漁　わかさぎりょう　初春
　桜魚　さくらうお
寒釣　かんづり　晩冬

居住

春の住居

春灯　しゅんとう　三春
　春灯し　はるともし
　春の灯　はるのひ
春障子　はるしょうじ　三春
春炬燵　はるごたつ　三春
　炬燵塞ぐ　晩春
春の炉　はるのろ　三春
　炉塞ぎ　ろふさぎ　晩春
春火鉢　はるひばち　三春
北窓開く　きたまどひらく　仲春
目貼剥ぐ　めばりはぐ　仲春
雪囲いとる　仲春
屋根替　やねがえ　仲春
　葺替　ふきかえ
霜除解く　しもよけとく　晩春

夏の住居

夏の灯　なつのひ　三夏
夏炉　なつろ　三夏
夏座敷　なつざしき　三夏

露台　ろだい　三夏
　テラス・ベランダ
噴水　ふんすい　三夏
夏蒲団　なつぶとん　三夏
　夏掛　なつがけ
夏座布団　なつざぶとん　三夏
花茣蓙　はなござ　三夏
　寝茣蓙　ねござ　三夏
　油団　ゆとん　三夏
籠枕　かごまくら　三夏
網戸　あみど　三夏
日除　ひよけ　三夏
夏暖簾　なつのれん　三夏
簾　すだれ　三夏
　青簾　あおすだれ　三夏
　御簾（みす）・古簾
葦簾　よしず　三夏
葦戸　よしど　三夏
籐椅子　とういす　三夏
ハンモック　三夏
金魚玉　きんぎょだま　三夏
　金魚鉢　きんぎょばち
水盤　すいばん　三夏

蠅除　はえよけ　三夏
　蠅叩き・蠅取紙
蚊帳　かや　三夏
蚊遣火　かやりび　三夏
　蚊遣・蚊取線香
冷蔵庫　れいぞうこ　三夏
扇　おうぎ　三夏
　扇子
団扇　うちわ　三夏
　団扇作る　三春
扇風機　せんぷうき　三夏
風鈴　ふうりん　三夏
　釣忍　つりしのぶ　三夏
走馬灯　そうまとう　三夏
日傘　ひがさ　三夏
　パラソル・絵日傘
　ビーチパラソル
サマーハウス　三夏
夏館　なつやかた　三夏
冷房　れいぼう　晩夏
　クーラー
虫干　むしぼし　晩夏
　土用干　どようぼし

秋の住居

秋の灯　あきのひ　三秋
秋の宿　あきのやど　三秋
秋の蚊帳　あきのかや　初秋
　別れ蚊帳
秋団扇　あきうちわ　三秋
　捨て団扇・忘れ団扇
秋扇　あきおうぎ　初秋
　捨て扇・忘れ扇
庭木刈る　にわきかる　初秋
秋簾　あきすだれ　仲秋
障子貼る　しょうじはる　仲秋
襖入れる　ふすまいれる　仲秋
松手入れ　まつていれ　仲秋
冬支度　ふゆじたく　晩秋

冬の住居

冬灯し　ふゆともし　三冬
　寒灯　かんとう
冬籠　ふゆごもり　三冬
冬座敷　ふゆざしき　三冬
屏風　びょうぶ　三冬

障子　しょうじ　三冬
襖　ふすま　三冬
蒲団　ふとん　三冬
毛布　もうふ　三冬
絨毯　じゅうたん　三冬
炉　ろ　三冬
　炉開　ろびらき　初冬
炬燵　こたつ　三冬
暖房　だんぼう　三冬
　ストーブ　三冬
　暖炉　だんろ　三冬
　火鉢　ひばち　三冬
加湿器　かしつき　三冬
懐炉　かいろ　三冬
湯婆　ゆたんぽ　三冬
炭　すみ　三冬
　炭火・炭籠・消炭
埋火　うずみび　三冬
炭俵　すみだわら　三冬
炭団　たどん　三冬
　豆炭・練炭
石炭　せきたん　三冬
焚火　たきび　三冬

榾　ほだ　三冬
隙間風　すきまかぜ　三冬
火事　かじ　三冬
　火の番　ひのばん
　火の用心・夜回り
冬構　ふゆがまえ　初冬
北窓塞ぐ　きたまどふさぐ　初冬
目貼り　めばり　初冬
風除　かぜよけ　初冬
霜除　しもよけ　初冬
雪囲　ゆきがこい　仲冬
畳替　たたみがえ　仲冬
雁木　がんぎ　晩冬

新年の住居

門松　かどまつ　新年
飾　かざり　新年
注連飾　しめかざり　新年
蓬莱　ほうらい　新年
飾餅　かざりもち　新年
飾海老　かざりえび　新年
福藁　ふくわら　新年
掃初　はきぞめ　新年

季感のない住居

灯火・窓の明かり・玄関灯

部屋・座敷・離れ座敷
畳・フローリング
壁・壁紙・(「ふすま」は三冬)
欄間・階段・らせん階段

母屋・リビング
台所・キッチン
食卓・ダイニング
ソファー・カウチポテト
寝椅子・ソファベッド
ベッド・ダブルベッド
(「蒲団」と「毛布」は三冬)
テレビ・スリッパ

玄関・門・中庭・裏庭
雨戸・戸袋・雨樋
格子戸・鉄格子
ガラス戸・木戸・鎧戸
引き戸・開き戸・鉄扉

防火扉・防火ドア
ドア・非常ドア
シャッター

納屋・倉庫

邸宅・新築・新邸
分譲住宅
古家・古アパート
中古アパート・貸家
マンション・高層マンション
安普請

宿舎・一軒家・賃貸物件
平屋建・二階建て

洋風建築・バラック建て
木造住宅・モルタル住宅
仮設住宅

ソーラーハウス・エコ住宅
バリアフリー住宅
モデルハウス

マイホーム
ゴミ屋敷・猫屋敷

別荘・セカンドハウス

住居費・電気料・水道料

部屋掃除・掃き掃除
掃除機・電気掃除機
風呂掃除・雑巾がけ

玄関掃除・庭掃除

ゴミ出し・ゴミ収集日

衣類

春の衣類

春服　はるふく　三春
春帽子　はるぼうし　三春
春袷　はるあわせ　三春
春コート　三春
春ショール　三春
　春のスカーフ
春手袋　はるてぶくろ　三春
胴着脱ぐ　どうぎぬぐ　仲春
捨頭巾　すてずきん　仲春
春日傘　はるひがさ　晩春

夏の衣類

夏服　なつふく　三夏
　夏物・麻服
夏衣　なつごろも　三夏
単衣　ひとえ　三夏
晒布　さらし　三夏
生布　きぬの　三夏
　麻布　あさふ
縮　ちぢみ　三夏
上布　じょうふ　三夏
夏羽織　なつばおり　三夏
　麻羽織　あさばおり
夏袴　なつばかま　三夏
浴衣　ゆかた　三夏
夏合羽　なつがっぱ　三夏
汗とり　あせとり　三夏
　汗襦袢　あせじゅばん
半ズボン　三夏
夏シャツ　三夏
　アロハシャツ
　ティーシャツ
簡単服　かんたんふく　三夏
すててこ　三夏
夏襟　なつえり　三夏
レース　三夏
夏帯　なつおび　三夏
腹当　はらあて　三夏
　腹掛け・腹巻
麻頭巾　あさずきん　三夏
　夏頭巾　なつずきん
編み笠　あみがさ　三夏
　菅笠・市女笠
夏帽子　なつぼうし　三夏
　麦藁帽子・麦藁帽
　パナバ帽
サングラス　三夏
夏手袋　なつてぶくろ　三夏
夏足袋　なつたび　三夏
白靴　しろぐつ　三夏
衣紋竹　えもんだけ　三夏
ハンカチ　三夏
　汗拭き・汗手貫
　おしぼり
更衣　ころもがえ　初夏
袷　あわせ　初夏
ネル　初夏
セル　初夏
白重　しろかさね　初夏
羅　うすもの　晩夏
甚平　じんべい　晩夏
白絣　しろがすり　晩夏
白服　しろふく　晩夏
帷子　かたびら　晩夏
サマーコート　晩夏
サマードレス　晩夏

海水着《かいすいぎ》　晩夏
　水着・ビキニ
砂日傘《すなひがさ》　晩夏
　ビーチパラソル・浜日傘

秋の衣類

秋服《あきふく》　三秋
秋袷《あきあわせ》　仲秋
　後の袷
秋のセル　仲秋

冬の衣類

冬服《ふゆふく》　三冬
　冬着・ウールの服
重着《かさねぎ》　三冬
　厚着・着ぶくれ
ジャケット　三冬
セーター　三冬
　カーディガン
外套《がいとう》　三冬
　ダウンコート・マント
冬羽織《ふゆばおり》　三冬
　袷羽織《あわせばおり》

ちゃんちゃんこ　三冬
褞袍《どてら》　三冬
　丹前《たんぜん》
綿入《わたいれ》　三冬
毛皮《けがわ》　三冬
　毛衣《けごろも》
紙衣《かみこ》　三冬
胴着《どうぎ》　三冬
ねんねこ　三冬
アノラック　三冬
綿《わた》　三冬
　負真綿《おいまわた》
冬帽子《ふゆぼうし》　三冬
頭巾《ずきん》　三冬
綿帽子《わたぼうし》　三冬
頬被《ほおかぶり》　三冬
耳袋《みみぶくろ》　三冬
襟巻《えりまき》　三冬
　マフラー
ショール　三冬
　肩掛《かたかけ》
角巻《かくまき》　三冬

マスク　三冬
もんぺ　三冬
股引《ももひき》　三冬
膝掛《ひざかけ》　三冬
手袋《てぶくろ》　三冬
マフ　三冬
足袋《たび》　三冬
雪合羽《ゆきがっぱ》　晩冬
　雪蓑《ゆきみの》
雪眼鏡《ゆきめがね》　晩冬
雪袴《ゆきばかま》　晩冬
雪沓《ゆきぐつ》　晩冬
　藁沓《わらぐつ》
綱貫《つなぬき》　晩冬
雪下駄《ゆきげた》　晩冬
かんじき　晩冬

新年の衣類

着衣始《きそはじめ》　新年
春着《はるぎ》　新年
　正月小袖・春小袖

季感のない衣類

生地

木綿・絹・化繊・レーヨン
革・鰐皮
西陣・博多織
紬《つむぎ》・大島紬・友禅
金襴《きんらん》・緞子《どんす》
ビロード・サテン

服

洋服・和服・着物
普段着・平服・略服・部屋着
余所行き・街着・晴れ着・
一張羅・古着・着古し
既製服・オーダーメイド
式服・礼服・喪服
ドレス・ユニフォーム
制服・軍服・白衣・私服
僧衣・法衣・袈裟
白無垢・羽衣・衣冠
寝間着・パジャマ
ネグリジェ
妊婦服・マタニティードレス
ワンピース・ツーピース
セーラー服
武具・具足・甲冑鎧・兜
スーツ・背広
上着・ブレザー
タキシード・燕尾服
紋服・紋付き・裃・羽織
エプロン
ワイシャツ・ブラウス
ズボン・ジーパン
スラックス・パンタロン
スカート・キュロット

下着

肌着・長襦袢
シャツ・アンダーシャツ
シュミーズ・スリップ
キャミソール・ブラジャー
ガードル・ズロース
パンツ・ブリーフ
褌《ふんどし》・腰巻き
おしめ・おむつ

帯など

襟《えり》・袖《そで》
袂《たもと》
ポケット
帯・兵児帯・腰帯・腰紐
バンド・ベルト
サスペンダー
襷《たすき》・鉢巻き
眼帯・ギプス
靴下・ソックス
ストッキング
脚絆・ゲートル

帽子

制帽・学帽・軍帽
キャップ
ベレー帽・ソフトハット
山高帽子・シルクハット
ハンチング
鉄兜・烏帽子・角隠し
ターバン
王冠・月桂冠・笠
ヘアバンド

傘

雨傘・蝙蝠傘
洋傘・和傘
番傘・蛇の目傘・唐傘
折り畳み傘・破れ傘
あいあい傘
置き傘・傘立て

履き物

靴・シューズ
上履き・下履き・どた靴
短靴・編み上げ靴
長靴・ゴム長
長靴《ちょうか》
上靴・泥靴
スニーカー
運動靴・スパイクシューズ
テニスシューズ
バスケットシューズ
バレエシューズ
ハイヒール・ローヒール
パンプス
突つかけ・スリッパ
草履《ぞうり》・わらじ
下駄・高下駄・足駄
庭下駄・下駄ばき
木履《ぽっくり》

飾り物

鬘《かつら》・ウィッグ
エクステ・つけ毛
髪飾り
簪《かんざし》・櫛《くし》
ティアラ
カチューシャ
耳飾り・イヤリング
ピアス
首飾り・ネックレス
チョーカー
コサージュ
ロケットブローチ
ペンダント
バッジ
ネクタイ
帯留め・数珠
ブレスレット・腕輪
リストバンド
ミサンガ
指輪・結婚指輪
ダイアの指輪
ガーネット・アメジスト
アクアマリン・エメラルド
ルビー・サファイア
ファッションリング

食べ物

飯類

ご飯《ごはん》　雑
白米・玄米・五穀米
まぜご飯　雑
菜飯《なめし》　三春
五加飯《うこぎめし》　仲春
筍飯《たけのこめし》　初夏
豆飯《まめめし》　初夏
麦飯《むぎめし》　初夏
ささげ飯　初秋
松茸飯《まつたけめし》　晩秋
零余子飯《むかごめし》　晩秋
栗飯《くりめし》　晩秋
雑炊《ぞうすい》　三冬
おじや・玉子雑炊
粥《かゆ》　雑
白粥《しらがゆ》　雑
重湯（おもゆ）
藷粥《いもがゆ》　三冬
冬至粥《とうじがゆ》　仲冬
七草粥《ななくさがゆ》　新年

鮓《すし》　三夏
馴鮨・圧鮓・箱鮓
鮓漬ける
蒸鮓《むしずし》　三冬
蕪鮓《かぶらずし》　三冬
干飯《ほしいい》　三夏
水飯《すいはん》　晩夏
焼米《やきごめ》　初秋
新米《しんまい》　晩秋
今年米・早稲の飯
古米《こまい》　晩秋
蒸飯《ふかしめし》　三冬
ご飯蒸し・温め飯
残飯《ざんぱん》　雑
冷や飯《ひやめし》　雑
五目ご飯《ごもくごはん》　雑
加薬飯（かやくめし）
焼き飯　雑
チャーハン
ピラフ　雑
茶漬《ちゃづけ》　雑

カレーライス　雑
ハヤシライス　雑
丼飯《どんぶりめし》　雑
天丼・カツ丼
いくら丼　仲秋
腹子飯・はららご飯
餅《もち》　仲冬
椿餅《つばきもち》　三春
鶯餅《うぐいすもち》　初春
菱餅《ひしもち》　仲春
蕨餅《わらびもち》　仲春
草餅《くさもち》　晩春
蓬餅《よもぎもち》
桜餅《さくらもち》　晩春
葛餅《くずもち》　三夏
葛切《くずきり》
氷餅《こおりもち》　三夏
粽《ちまき》　初夏
笹粽・菅粽・飾粽
柏餅《かしわもち》　初夏
土用餅《どようもち》　晩夏
橡餅《とちもち》　晩秋

栗の子餅　晩秋
水餅《みずもち》　晩冬
寒餅《かんもち》　晩冬
雑煮《ぞうに》　新年
年の餅《としのもち》　新年
はぜ　新年
　米花（こめばな）

麺類

ラーメン　雑
　中華そば・支那そば
　冷し中華　三夏
蕎麦《そば》　雑
ざるそば　雑
新蕎麦《しんそば》　晩秋
夜鷹そば《よたかそば》　三冬
　夜泣蕎麦
蕎麦掻《そばがき》　三冬
蕎麦湯《そばゆ》　三冬
晦日蕎麦《みそかそば》　仲冬
饂飩《うどん》　雑
狐うどん・たぬきうどん
釜揚うどん　三冬
鍋焼うどん　三冬
夜啼うどん　三冬
素麺《そうめん》　雑
　冷索麺《ひやそうめん》　三夏
　素麺を干す　三冬
冷麦《ひやむぎ》　三夏
きしめん　雑
スパゲッティ　雑
パスタ・ロングパスタ
　ショートパスタ
カップヌードル　雑

汁物

味噌汁《みそしる》　雑
　蜆汁《しじみじる》　三春
吸い物《すいもの》　雑
澄まし汁・羹（あつもの）
冷汁《ひやじる》　三夏
　冷し汁・冷しスープ
鮴汁《ごりじる》　三夏
巻繊汁《けんちんじる》　三冬
のっぺい汁　三冬
三平汁《さんぺいじる》　三冬
薩摩汁《さつまじる》　三冬
葱汁《ねぎじる》　三冬
　根深汁（ねぶかじる）
粕汁《かすじる》　三冬
闇汁《やみじる》　三冬
鯨汁《くじらじる》　三冬
河豚汁《ふぐじる》　三冬
　河豚鍋・河豚ちり
干菜《ほしな》　三冬
蕪汁《かぶらじる》　三冬
納豆汁《なっとじる》　三冬
コンソメスープ　雑
たまごスープ　雑
チキンスープ　雑

鍋物

泥鰌鍋《どじょうなべ》　三夏
　柳川鍋《やながわなべ》　三夏
きりたんぽ　晩秋
鍋焼《なべやき》　三冬
鋤焼《すきやき》　三冬
　牛鍋・すき焼き鍋
紅葉鍋《もみじなべ》　三冬

桜鍋　さくらなべ　三冬
牡丹鍋　ぼたんなべ　三冬
成吉思汗鍋　三冬
　ジンギスカン鍋
鯨鍋　くじらなべ　三冬
寄鍋　よせなべ　三冬
石狩鍋　いしかりなべ　三冬
鼈鍋　すっぽんなべ　三冬
ちり鍋　三冬
　河豚ちり・鱈ちり
　牡蠣ちり・鯛ちり
鮟鱇鍋　あんこうなべ　三冬
塩汁鍋　しょっつるなべ　三冬
葱鮪　ねぎま　三冬
　葱鮪鍋・まぐろ鍋
河豚鍋　ふぐなべ　三冬
おでん　三冬

魚介料理

目刺　めざし　三春
白子干　しらすぼし　三春
　畳み鰯・ちりめんじゃこ
干鱈　ひだら　三春

　乾し鱈・棒鱈
壺焼　つぼやき　三春
鮒膾　ふななます　三春
蒸し鰈　むしがれい　仲春
干鰈　ほしがれい　仲春
生節　なまりぶし　三夏
干河豚　ひふぐ・ほしふぐ　三夏
晒鯨　さらしくじら　三夏
　皮鯨・塩鯨
鱧の皮　はものかわ　三夏
塩烏賊　しおいか　三夏
蟹　ひしこ　三夏
　蟹漬・蟹醤（かにびしお）
洗膾　あらい　三夏
　洗鯉（あらいごい）・洗鯛
水貝　みずがい　三夏
船料理　ふなりょうり　三夏
沖膾　おきなます　三夏
　背越（せごし）
身欠鰊　みがきにしん　初夏
土用鰻　どようううなぎ　晩夏
土用蜆　どようしじみ　晩夏
氷頭膾　ひずなます　仲秋

鱸膾　すずきなます　仲秋
はらこ　仲秋
　筋子・はららご
ひしこ漬　仲秋
うるか　晩秋
からすみ　晩秋
貝焼　かいやき　三冬
杉焼　すぎやき　三冬
蝋燭焼　ろうそくやき　三冬
甲羅煮　こうらに　三冬
乾鮭　からざけ　三冬
　干鮭（ほしざけ）
塩鮭　しおざけ　三冬
　新巻（あらまき）
　塩引（しおびき）
海鼠腸　このわた　三冬
酢海鼠　すなまこ　三冬
煮凝　にこごり　晩冬
ごまめ　新年
　田作り・たづくり
数の子　新年
据り鯛　すわりだい　新年
押鮎　おしあゆ　新年

俵子《たわらご》 新年
螺肴《にしざかな》 新年
ばいの身 新年
小鰭の粟漬《こはだのあわづけ》 新年

肉料理

肉料理《にくりょうり》 雑
牛肉料理・豚肉料理
鶏料理・ジビエ
ステーキ 雑
焼肉《やきにく》 雑
ホルモン焼・ミノ
カルビ・ハラミ
薬喰《くすりぐい》 三冬
じぶ鍋 三冬
じぶ・加賀煮
御猟焼《おかりやき》 三冬
御猟場焼
鋤焼《すきやき》 三冬
牛鍋・すき焼き鍋
紅葉鍋《もみじなべ》 三冬
桜鍋《さくらなべ》 三冬

牡丹鍋《ぼたんなべ》 三冬
猪鍋・しし鍋・山鯨
成吉思汗鍋 三冬
ジンギスカン鍋 三冬
鯨鍋《くじらなべ》 三冬
焼鳥《やきとり》 三冬
ソーセージ 雑
ハム 雑
ビフテキ 雑
カツレツ 雑
ハンバーグ 雑
コロッケ 雑

豆腐・卵料理

豆腐《とうふ》 雑
田楽《でんがく》 仲春
冷奴《ひややっこ》 三夏
新豆腐《しんどうふ》 初秋
湯豆腐《ゆどうふ》 三冬
氷豆腐《こおりどうふ》 晩冬
揚げ出し豆腐 雑
寒卵《かんたまご》 晩冬

卵料理 雑
オムレツ・卵焼き
ポーチドエッグ
スクランブルエッグ
炒り卵・温泉卵
薄焼き卵・茶碗蒸

野菜と野菜料理

レタス **三春**
春菊《しゅんぎく》 三春
菊菜（きくな）
三つ葉 三春
芹《せり》 三春
ほうれん草 初春
蕗の芽 初春
蕗味噌《ふきみそ》 初春
大蒜《にんにく》 仲春
浅葱《さつき》 仲春
青饅《あおぬた》 仲春
浅葱膾《あさつきなます》 仲春
独活《うど》 晩春
独活和《うどあえ》 晩春
アスパラガス 晩春

山葵《わさび》　晩春
　山葵漬（わさびづけ）
パセリ　三夏
玉葱《たまねぎ》　**三夏**
　新玉ねぎ　初夏
辣韮《らっきょう》　三夏
蕗《ふき》　初夏
　伽羅蕗（きゃらぶき）　三夏
　蕗を煮る　初夏
　蕗の煮物・蕗の佃煮
いちご（苺）　初夏
キャベツ　**初夏**
　玉菜（たまな）・芽キャベツ
瓜《うり》　晩夏
　瓜もみ・瓜膾
　冷し瓜・乾瓜
胡瓜《きゅうり》　**晩夏**
　胡瓜もみ
西瓜《すいか》　晩夏
メロン　晩夏
　マスクメロン
　プリンスメロン
　真桑瓜（まくわうり）

茄子《なす》　**晩夏**
　初茄子・焼き茄子
　茄子漬
　秋茄子《あきなす》　三秋
トマト　**晩夏**
茗荷の子《みょうがのこ》　晩夏
　茗荷汁
紫蘇《しそ》　晩夏
　青紫蘇・赤紫蘇
　紫蘇の実　仲秋
ピーマン　**三秋**
南瓜《かぼちゃ》　**三秋**
　冬至南瓜　仲冬
冬瓜《とうがん》　三秋
豆《まめ》　**雑**
　豌豆《えんどう》　初夏
　莢豌豆（さやえんどう）
空豆《そらまめ》　**初夏**
大徳寺納豆《だいとくじなっとう》　晩夏
衣被《きぬかつぎ》　三秋
枝豆《えだまめ》　**三秋**
隠元豆《いんげんまめ》　初秋

納豆《なっとう》　三冬
　開豆《ひらきまめ》　新年
　グリーンピース　雑
生姜《しょうが》　三秋
　生姜味噌　三冬
　生姜湯　三冬
芋《いも》　三秋
　里芋・親芋　三秋
　芋茎《ずいき》　三秋
　芋頭《いもがしら》　新年
　八つ頭（やつがしら）
山芋《やまいも》　三秋
　自然薯（じねんじょ）
　とろろ汁　三秋
じゃがいも　初秋
　馬鈴薯（ばれいしょ）
　新じゃが　初夏
　フライドポテト　雑
　ポテトチップス　雑
甘藷《さつまいも》　仲秋
　薩摩芋・唐いも
焼藷《やきいも》　三冬
石焼き芋

菊膾《きくなます》　晩秋
柚子《ゆず》　晩秋
　柚味噌（ゆみそ）
　柚醤（ゆびしお）
白菜《はくさい》　三冬
冬菜《ふゆな》　三冬
　小松菜・小松菜
カリフラワー　三冬
ブリッコリ　三冬
セロリ　三冬
　和蘭三葉（おらんだみつば）
葱《ねぎ》　三冬
　夏葱《なつねぎ》　三夏
大根《だいこん》　三冬
　浅漬大根　晩秋
　大根漬　三冬
　風呂吹《ふろふき》　三冬
蕪《かぶ》　三冬
　蕪蒸し（かぶらむし）
慈姑《くわい》　三冬
人参《にんじん》　三冬
牛蒡《ごぼう》　雑
　牛蒡掘る　晩秋

　開牛蒡《ひらきごぼう》　新年
草石蚕《ちょろぎ》　新年
蒟蒻《こんにゃく》　雑
　冬至蒟蒻　仲冬
　氷蒟蒻《こおりこんにゃく》　晩冬
海草
若布《わかめ》　三春
　わかめ汁
海苔《のり》　初春
　浅草海苔・生海苔
　新海苔《しんのり》　晩冬
昆布《こんぶ》　晩夏
　結昆布《むすびこんぶ》　新年
　とろろ昆布　雑
漬け物
漬物《つけもの》　雑
　お新香・おしんこ
桜漬《さくらづけ》　晩春
　塩桜・桜湯
花菜漬《はなづけ》　晩春
梅干《うめぼし》　三夏

　干梅・梅漬
　梅漬ける・梅筵
瓜漬《うりづけ》　晩夏
茄子漬《なすづけ》　晩夏
　なすび漬
浅漬大根　晩秋
酢茎《すぐき》　三冬
切干《きりぼし》　三冬
　切干大根
茎漬《くきづけ》　三冬
品漬《しなづけ》　三冬
沢庵漬《たくあんづけ》　三冬
　沢庵漬ける
浅漬《あさづけ》　初冬
千枚漬《せんまいづけ》　晩冬
その他の漬け物
　奈良漬・味噌漬
　福神漬
　粕漬
　糠漬

飲み物

酒（酒の項も見よ）
白酒《しろざけ》　仲春
甘酒《あまざけ》　三夏

茶《ちゃ》　雑
五加茶《うこぎちゃ》　仲春
枸こ茶《くこちゃ》　仲春
麦茶《むぎちゃ》　三夏
新茶《しんちゃ》　初夏
福茶《ふくちゃ》　新年
大福（おおぶく）
緑茶《りょくちゃ》　雑
煎茶・玉露
抹茶・挽き茶・御薄
番茶・粗茶・出花
銘茶・渋茶
紅茶《こうちゃ》　雑
烏龍茶《うーろんちゃ》　雑
プーアル茶　雑
ギムネマ茶　雑
ルイボスティー　雑

葛水《くずみず》　三夏
砂糖水　三夏
飴湯《あめゆ》　三夏
炭酸水　三夏
ソーダ水
サイダー・ラムネ
レモン水　三夏
アイスコーヒー　三夏
アイスティー　三夏
振舞水《ふるまいみず》　晩夏
ホットドリンク　三冬
ホットココア
ホットミルク
葛湯《くずゆ》　三冬
生姜湯《しょうがゆ》　三冬
蕎麦湯《そばゆ》　三冬
その他の飲み物（雑）
珈琲・ココア
牛乳・ミルク
ヨーグルト
ペットボトル

菓子・デザート

雛あられ　仲春
氷水《こおりみず》　三夏
かき氷・氷店（こおりみせ）
氷いちご・氷あずき
かちわり　三夏
氷菓《ひょうか》　三夏
アイスクリーム
ソフトクリーム
シャーベット
アイスキャンディー
麦こがし　三夏
麨（はったい）・麦炒粉
心太《ところてん》　三夏
葛饅頭《くずまんじゅう》　三夏
白玉《しらたま》　三夏
金玉糖《きんぎょくとう》　三夏
泡雪羹《あわゆきかん》　三夏
水羊羹《みずようかん》　三夏
茹小豆《ゆであずき》　三夏
ゼリー　三夏
蜜豆《みつまめ》　三夏
餡蜜（あんみつ）

青ざし　初夏
栗羊羹《くりようかん》　晩秋
柿羊羹《かきようかん》　晩秋
吊し柿《つるしがき》　晩秋
　干し柿・吊し柿
柚餅子《ゆべし》　晩秋
蒸饅頭《むしまんじゅう》　三冬
焼藷《やきいも》　三冬
　石焼薯
今川焼《いまがわやき》　三冬
鯛焼《たいやき》　三冬
葛湯《くずゆ》　三冬
切山椒《きりざんしょう》　新年
勅題菓子《ちょくだいがし》　新年
　御題菓子（ぎょだいがし）
その他の菓子（雑）
和菓子・洋菓子・生菓子
駄菓子・茶菓子・茶請け
ショートケーキ
シュークリーム
カステラ・ドーナツ・
ビスケット　クッキー
チョコレート

果物

春の果物
　春の蜜柑　三春
　　伊予柑・八朔柑
夏の果物
　夏蜜柑《なつみかん》　三夏
　　甘夏
苺《いちご》　初夏
　越後姫・栃おとめ
さくらんぼ　仲夏
　チェリー
枇杷《びわ》　仲夏
李《すもも》　仲夏
杏《あんず》　仲夏
桑の実　仲夏
青林檎《あおりんご》　晩夏
西瓜《すいか》　晩夏
メロン　晩夏
パイナップル　晩夏
バナナ　晩夏
秋の果物
　梨《なし》　三秋
　長十郎・新高・洋ナシ

青蜜柑　三秋
山葡萄《やまぶどう》　初秋
葡萄《ぶどう》　仲秋
　黒ぶどう・マスカット
柘榴《ざくろ》　仲秋
あけび　晩秋
柿《かき》　晩秋
　甘柿・渋柿
　熟柿（じゅくし）
栗《くり》　晩秋
林檎《りんご》　晩秋
　紅玉・富士・国光
無花果《いちじく》　晩秋
早稲蜜柑《わせみかん》　晩秋
レモン（檸檬）　晩秋
冬の果物
蜜柑《みかん》　三冬
　温州蜜柑・愛媛蜜柑
ぽんかん（椪柑）　三冬
文旦《ぶんたん》　三冬
　朱欒（ざぼん）・ザボン
冬林檎　三冬
冬の梨　三冬

酒

酒《さけ》　雑
日本酒《にほんしゅ》　雑
冷酒《ひやざけ》　三夏
温め酒《あたためざけ》　晩秋
熱燗《あつかん》　三冬
　燗酒
新酒《しんしゅ》　晩秋
　新走り・今年酒
　冷やおろし・秋上がり
古酒《こしゅ》　晩秋
寒造《かんづくり》　晩冬
甘酒《あまざけ》　三夏
焼酎《しょうちゅう》　三夏
　薩摩焼酎・甘藷焼酎
泡盛《あわもり》　三夏
梅酒《うめしゅ》　晩夏
濁酒《にごりざけ》　晩秋
　どぶろく
猿酒《さるざけ》　三秋
玉子酒《たまござけ》　三冬
霰酒《あられざけ》　三冬

松葉酒《まつばざけ》　三冬
鰭酒《ひれざけ》　三冬
生姜酒《しょうがざけ》　三冬
糟湯酒《かすゆざけ》　三冬
ビール　三夏
　生ビール・ビアジョッキ
ボジョレーヌーボー　初冬
寝酒《ねざけ》　三冬
屠蘇《とそ》　新年
　屠蘇散（とそさん）
年酒《ねんしゅ》　新年
　年の酒

その他の酒（雑）
洋酒
ブランディ
　コニャック
ウイスキー
　スコッチ
　シングルモルト
バーボン
ウオッカ
ジン

マティーニ
テキーラ
グラッパ
リキュール
カクテル
　サイドカー
　ブルーハワイ
　ソルティードッグ
　ブラッディマリー
ワイン
　フランスワイン
　　ボルドー
　　ブルゴーニュ
　ドイツワイン
　イタリアワイン
　　キャンティ
　カルフォルニアワイン
白酒（ぱいちゅう）　蒸留酒
　茅台酒（まおたいちゅう）
黄酒（ほわんちゅう）　醸造酒
　老酒（らおちゅう）
　紹興酒（しょうこうしゅ）

月

①異名の月

（中国伝来の月の異称）

桂花（けいか）
桂男（かつらおとこ）
玉兎（ぎょくと）
玄兎・兎影・玉蟾（ぎょくせん）・金蟾（きんせん）・蟾蜍（せんじょ）・蟾影（せんえい）・嫦娥（じょうが）・霜娥（そうが）・素娥（そが）

（和語を用いた異名）

ささらえ男・盃の光・弓張・望くだり・蛾眉・待宵・望の夜・十五夜・良夜・十六夜・既望・立待・十七夜・居待・臥待・寝待・更待（ふけまち）・有明・廿日亥中（はつかいなか）・二十三夜・十三夜・後の今宵

（夏の月の形容）

夏の霜

---

②月齢による特徴

・朔日（ついたち）の月
　新月・初月
・二日月・繊月
・三日月・眉月・蛾眉
・上弦の月（七、八日頃の宵月）
・夕月（ゆうづき）・宵の月
・待宵（まつよい）
　小望月・十四夜
・名月
　明月・満月・望月
　今日の月・月今宵
　十五夜・芋名月
・十六夜（いざよい）・既望
・立待月（たちまちづき）
　十七夜の月
・居待月（いまちづき）
　八月十八日の月
・臥待月（ふしまちづき）
　寝待の月
・更待月（ふけまちづき）
　亥中（いなか）の月
　廿日亥中（はつかいなか）
・下弦（二十二、三日頃の夜中過ぎの月）
・真夜中の月・二十三夜
　弓張月（ゆみはりづき）
　弦月・半月・片割月
　月の弓・月の舟、

---

③その他の月の表現

後の月（のちのつき）
　十三夜・名残の月
　後の今宵
　豆名月・栗名月
良夜（八月十五夜と九月十三夜の月）
有明月（ありあけづき）
　有明・朝月夜
　残る月・残月
無月（むげつ）
雨月（うげつ）
　雨名月

正花と非正花

正花（しょうか）

春の正花
（桜の花を称揚するもの）

花を待つ・花の蕾・初花
花盛・花のもと
落花・飛花・花散る
花ひら・花ふさ・
花便り・花冷
花の宿・花の隣
花の庭・花の席・花莚
花の山・花の窓
花の戸・花の扉
花の波・花の滝
花の雲・花の錦
花吹雪・花の雨・花の雪
花の香・花の匂ひ
花明り
花見・花見酒・花に酔ふ
花人・花守・花疲れ
花篝・花車・花筏
花見車・花見船・
花の人・花の顔・花の唇
花のかんばせ
花心・心の花・人の花
花の都・花洛・中華

夏の正花
余花
若葉の花（若葉を花にみたてたもの）
花田植
花氷・氷室の花
花火

秋の正花
花相撲・花灯籠

冬の正花
帰り花・餅花

新年の正花
花の春・年の花

雑の正花
花嫁・花婿
作り花・絵の花・花靭
飛花落葉・花紅葉
雪月花
花鰹（鰹節を花のように発掘ったもの）

非正花（ひしょうか）

波の花・雪の花・火花・糀の花・花野・六の花・花の富貴・花の隠逸・花の兄・花の君子・睡れる花・花かつみ・四ひらの花・風花
（その他、桜、梅・桃・藤・菊など、すべての四季の花も、それを名前で読んだ場合は非正花）

付録三　季題配置表

懐紙式の連句を創作する際は、「季の句」の配置や、月花の座の置き方などが煩雑でわかりにくいと思います。そこで、ここでは、代表的な「歌仙」、「短歌行」、「二十韻」という形式における基本的な季題配置表を示しました。あくまでも、一例を示しただけですので、慣れてきたらこれにとらわれずに、自由に季節の位置や月花の座を動かして楽しんでください。

歌仙季題配置例

初折の表						初折の裏											
発句	脇	第三	四	五 月の定座	六	一 追立	二	三	四	五	六	七	八 月の定座	九	十	十一 花の定座	十二 折端
新年	新年			秋 月	秋	秋						夏	夏 月			春 花	春
春	春	春		秋 月	秋	秋						夏	夏 月			春 花	春
夏	夏			秋 月	秋	秋						冬	冬 月			春 花	春
秋	秋 月	秋			夏・冬	夏・冬						冬	冬 月			春 花	春
冬	冬			秋 月	秋	秋						夏	夏・月			春 花	春
序						破の一段											

↑このあたりに恋句（初折の裏 三）

名残の表												名残の裏					
一 折立	二	三	四	五	六	七	八	九	十	十一 月の定座	十二	一 追立	二	三	四	五 花の定座	挙句
春				冬	冬					秋 月	秋	秋				春 花	春
春				冬	冬					秋 月	秋	秋				春 花	春
春				夏	夏					秋 月	秋	秋				春 花	春
春				夏	夏					秋 月	秋	秋				春 花	春
春				冬	冬					秋 月	秋	秋				春 花	春

破の二段

↑このあたりに恋句

急

短歌行季題配置例

初折の表				初折の裏							
発句	脇	第三	四	一 追立の月	二	三	四	五	六	七 花の定座	八 折端
新年	新年			秋 月	秋	秋				春 花	春
春	春	春		冬か夏 月	冬か夏					春 花	春
夏	夏			秋 月	秋	秋				春 花	春
秋	秋 月	秋		夏か冬	夏か冬					春 花	春
冬	冬			秋 月	秋	秋				春 花	春

序（初折の表）　破の一段（初折の裏）

↑このあたりに恋句（初折の裏・三）

名残の表								名残の裏			
一 折立	二	三	四	五	六	七 月の定座	八	一	二	三 花の定座	挙句
春						夏 月	夏			春 花	春
春		夏か冬	夏か冬		秋	秋 月	秋			春 花	春
春					冬	冬 月				春 花	春
春					冬か夏	冬か夏 月				春 花	春
春					夏	夏 月				春 花	春

破の二段（名残の表）　急（名残の裏）

↑このあたりに恋句

二十韻季題配置例

初折の表				初折の裏					
発句	脇	第三	四	一 追立の月	二	三	四	五	六 折端
新年	新年			秋 月	秋 恋	秋 恋		夏	夏
春	春	春		冬か夏月	冬か夏恋	恋			
夏	夏			秋 月	秋 恋	秋 恋			
秋（月）	秋（月）	秋（月）			恋	恋		夏か冬	夏か冬
冬	冬			秋 月	秋 恋	秋 恋			
序				破の一段					

↑このあたりに恋句（二の列）

名残の表						名残の裏			
一 折立	二	三	四	五 月の定座	六	一	二	三 花の定座	挙句
		恋	恋	冬 月	冬		春	春 花	春
夏か冬	夏か冬	恋	秋 恋	秋 月	秋			春 花	春
冬か雑	冬 月			恋	恋		春	春 花	春
		恋	冬か夏恋	冬か夏月			春	春 花	春
夏か雑	夏 月		恋	恋			春	春 花	春

破の二段（名残の表）　急（名残の裏）

↑このあたりに恋句

付録四　用紙・チェック表

懐紙式の連句を創作する際の用紙の例を示しました。これを拡大コピーしてもいいですし、似たようなものを用意すると便利です。最後に書いてある、神釈述妖病夢山水酒食子鳥獣虫魚人地外事旅遊衣植無雨雪音は、さまざまな素材（六四頁）の頭文字です。使った順から斜線を引いて消していくと、困ったときに何を使うかの連想の助けになります。

歌仙　　　　の巻

捌

座	月花	句	作者	季	人情	素材
発句						
脇						
第三						
4						
5	月					
6						
ウ1						
2						
3						
4						
5						
6						
7						
8	月					
9						
10						
11	花					
12						

ナオ1						
2						
3						
4						
5						
6						
7						
8						
9						
10						
11	月					
12						
ナウ1						
2						
3						
4						
5	花					
挙句						

神釈術妖病夢山水酒食子鳥獣虫魚人地外事旅遊衣植無雨雪音

起首

満尾

於

短歌行　　　の巻

捌

座	発句	脇	第三	4	ウ1	2	3	4	5	6	7	8
月花					月						花	
句												
作者												
季												
人情												
素材												

ナオ1	2	3	4	5	6	7	8	ナウ1	2	3	挙句
					月					花	

神釈術妖病夢山水酒食子鳥獣虫魚人地外事旅遊衣植無雨雪音

起首

満尾

於

二十韻の巻

捌

座	月花	句	作者	季	人情	素材
発句						
脇						
第三						
4						
ウ1	月					
2						
3						
4						
5						
6						

ナオ1	2	3	4	5	6	ナウ1	2	3	挙句
				月				花	

神釈術妖病夢山水酒食子鳥獣虫魚人地外事旅遊衣植無雨雪音

起首

満尾

於

あとがき

本書は、連句に興味があるけれどどうしたら良いかわからない方のために、連句の仕組みを解説し、実作に挑戦するための必要なことを、できるだけコンパクトにまとめたものです。ポケットや鞄に入れておけば、どこでも連句ができる（巻ける）ように工夫したつもりです。旅先やちょっとした集まりに、気軽に仲間を誘って連句を楽しむために、この小さな本が役立つのであれば、それに勝る喜びはありません。

もともと本書は、潮風連句会編『連句ハンドブック』として二〇〇四年に私家版として作った文庫版を増補・改訂したものです。

潮風連句会は、私が長年在籍した新潟大学医学部の同僚と医学生を中心にゆるく集まる連句の会で、一九九八年ごろから不定期で連句の一座をもったり、メールでの文音により、細々と続けてきたものです。連句をまったく知らない学生相手ということもあり、連句のいろはを毎回説明するのも面倒なので、私の備忘録もかねて、ハンディなガイドブックをつくれないかと思い立ったのが、最初の動機でした。その後、いろいろな学生や同僚や知り合いを巻き込んで、連句を楽しんできましたが、そろそろ在庫もなくなってきた機会に、全面的に内容を見直し、読み物的な要素も少し加え、より多角的に連句をとらえることができるようにしてみました。

連句を楽しむには、それぞれの句にあった季語を見つけることが必要です。また、現代では季感の薄い季語（玉ねぎとかサッカーとか）もあるので、雑の句をつくるためにも季語を知る必要が出てきます。そのため、本書の付録に主要な季語の一覧を載せました。さらに素材ごとの一覧も載せることで、現代には忘れがちな日本の文化や風習などの整理となり、自由な発想の手助けとなる工夫をしました。季語の本意を知るためには、これとは別に歳時記が必要ですが、まずは本書一冊でも、連句を楽しめるようにしたつもりです。

また、単なる説明では足りなかった内容を補う意味をこめて、私が関わっている新潟の『連楽会』（連句を楽しむ会）の二十韻の解説を載せてみました。一巻の興行の雰囲気が伝われば幸いです。さらに、『令和四年版　連句年鑑』（日本連句協会）に掲載した私のエッセイ「私の好きな芭蕉の言葉」を少し改稿して載せました。

連句は、理屈をこねるよりも、まず自分でやってみることが大切です。他人の句に別の句を付けることの楽しさ、そこで出会う思いがけない連想の飛躍の発見と体験こそが、連句の本質です。そのダイナミックな世界観がわかれば約束事は自然についてくるので、本当はこんな書物は必要ないのだと思います。そもそも約束事は本質に対しての従で、絶対ではありません。ましてや、「ルールのためのルール」になってしまっては本末転倒です。その点で、本書はあくまで参考書として、気軽に適当に活用していただければと思います。

本書の例句は、ごく一部の古典をのぞくと、すべて「潮風連句会」や「連楽会」など私のまわりの連衆の連句作品から引用させていただきました。いちいち連衆のお名前（フルネーム）を挙げませんでしたが、ここにお礼申し上げます。この方々がいなければ、本書は出来上がりませんでした。おかげで、現代連句らしい例句を載せることができました。また、多くの先達の書を参考にさせていただきましたが、これについても膨大かつ煩雑になるため、本書の入門書的な性格も考慮して、ごく一部しか出典・参考書をあげませんでした。どうかお許しいただきたいと存じます。なお、本書の校正には、赤澤宏平（水魚）氏にお世話になりました。

最後になりましたが、連句のご指導を賜った故 東　明雅先生と、本書の発行を勧めてくださっていた故 吉田酔山さんを偲び、俳句ブームの中で連句にも興味を持ち、本書をポケットに、連句を楽しんでくださる方が、とくに若い世代の方が増えてくれることを心から祈ります。

平成四年　新潟にて　　牛木辰男

おもな参考書・関連書

辞典など

東　明雅ら「連句辞典」東京堂出版、昭和61年

東　明雅ら「連句・俳句季語辞典　十七季（第二版）」三省堂　平成19年

連句の解説書

清水瓢左他ら「連句研究（作法書と現代の連句百巻）」国書刊行会　昭和54年

井本農一「連句読本」大修館書店　昭和57年

乾　裕幸・白石悌三「連句への招待」和泉書院　平成元年

芭蕉の連句について（読み物）

東　明雅「芭蕉の恋句」岩波新書　昭和54年

中村俊定「芭蕉の連句を詠む」岩波セミナーブックス16　昭和60年

尾形　仂「歌仙の世界（芭蕉連句の鑑賞と考察）」講談社学術文庫　平成元年

安東次男「連句入門（蕉風俳諧の構造）」講談社学術文庫　平成４年

上野洋三「芭蕉七部集（古典講読シリーズ）」岩波セミナーブックス１０２　平成４年

大谷徳蔵「芭蕉連句私解」角川書店　平成6年
大林信爾「橋閒石『奥の細道歌仙』評釈」沖積舎　平成8年
宮脇真彦「芭蕉の人情句（付句の世界）」角川書店　平成20年

おもな現代連句の実作など

東　明雅「夏の日（純正連句とその鑑賞）」角川書店　昭和47年
山路閑古「鳴立庵記」鳴立庵　昭和49年
近松寿子編「連句をさぐる（伝統文芸との接点）」創樹社　昭和54年
東　明雅「連句集　猫蓑」永田書房　昭和57年
暉峻康隆・宇崎冬男「連句の楽しみ」桐原書店　昭和59年
宇田零雨「連句作法」青土社　昭和59年
山地春眠子「現代連句入門」沖積社　昭和62年
岡本春人「連句のこころ」富士見書房　平成2年
東　明雅「新炭俵」角川書店　平成3年
今泉宇涯「現代連句のすすめ」永田書房　平成9年
矢崎　藍「おしゃべり連句講座」ＮＨＫ出版　平成10年
鈴木千惠子「杞憂に終わる連句入門」文学通信　令和2年

現代連句の教本シリーズ
五十嵐譲介ら「連句（理解・鑑賞・実作）」おうふう　平成11年
五十嵐譲介ら「連句（そこが知りたい）」おうふう　平成15年
五十嵐譲介ら「連句（学びから遊びに）」おうふう　平成20年

比較的簡単に手に入る読み物
大岡　信ら「歌仙の愉しみ」岩波新書　平成20年
辻原　登ら「歌仙はすごい」岩波新書　令和元年

ポケット版の古い連句本
三森準一「連句の実際指導」春秋庵　昭和7年（三版増補、昭和31年）
増田龍雨「俳句・連句は斯うして作る」四條書房　昭和8年
伊東月草「連句大概」朋文社　昭和21年

連句の協会（全国の連句愛好者や団体が会員の会）
一般社団法人「日本連句協会」https://renku-kyokai.net/

索引

あ行
相対付（脇） あいたいづけ 35
挙句 あげく 4・44
新しみ あたらしみ 128
居待 いまち 13
意味付 いみづけ 77
色立 いろだて 81
有心付 うしんづけ 84
打越 うちこし 88
打添付（脇） うちそえづけ 35
裏白 うらじろ 9
会釈 えしゃく 85
大山体 おおやまたい 37
思い合せの月 おもいあわせのつき 55
表合せ おもてあわせ 9
表の句 おもてのく 40

か行
懐紙式 かいししき 6
書き割りの月 かきわりのつき 55
雅語 がご 22・127
歌仙 かせん 4・6・14・124
観音開き かんのんびらき 89
季移り きうつり 49
季語 きご 46
季語一覧 きごいちらん 137
季題配置表 きだいはいちひょう 229
季の句 きのく 5・46
季戻り きもどり 48
客発句 きゃくほっく 28
虚実 きょじつ 126
切字 きれじ 28
句意付 くいづけ 77
句数 くかず 102
句の独立性 くのどくりつせい 71
位 くらい 80
源心 げんしん 8
恋の句 こいのく 5・60
恋の呼び出し こいのよびだし 62
恋離れ こいばなれ 63
興行 こうぎょう 3
五句目 ごくめ 42
心付（脇） こころつけ 35
心付 こころづけ 77
心の作 こころのさく 127
古人の跡 こじんのあと 136
胡蝶 こちょう 12
詞付 ことばづけ 76
小山体 こやまたい 37
暦 こよみ 192
頃どまり（脇） ころどまり 35

さ行
座 ざ 3
歳時記 さいじき 24
歳旦三つ物 さいたんみつもの 11
差合 さしあい 95・124
捌き手 さばきて 26
去嫌 さりきらい 95・102
三季移り さんきうつり 49
三句の渡り さんくのわたり 88・98
枝折の花 しおりのはな 56
式目 しきもく 102・108
式目歌 しきもくうた 106
時候 じこう 193

自他半の句　じたはんのく　91
付心　しちみょう　84
七名八体　しちみょうはったい　84
執中の法　しっちゅうのほう　86
自の句　じのく　91
時分の月　じぶんのつき　55
衆議判　しゅうぎはん　27
十二調　じゅうにちょう　13
執筆　しゅひつ　27
正花　しょうか　57・230
初折　しょおり　7
初折の表　しょおりのおもて　43
初折の花　しょおりのはな　56
序破急　じょはきゅう　96
親句　しんく　74
素秋　すあき　51
杉形体　すぎなりたい　37
宗匠　そうしょう　27
雑の句　ぞうのく　5
疎句　そく　74
俗語　ぞくご　22・127
俗語を正す　ぞくごをただす　127
素材　そざい　64

ソネット　そねっと　12
其時の付（脇）　そのときのつけ　34
其時の付　そのときのつけ　79
其場の付（脇）　そのばのつけ　33
其場の付　そのばのつけ　78
其人の付（脇）　そのひとのつけ　34
其人の付　そのひとのつけ　77

た行

第三　だいさん　4・36・66
竹の事　たけのこと　125
他の句　たのく　91
短歌行　たんかこう　8・18
短句　たんく　2
違付（脇）　ちがいづけ　35
長句　ちょうく　2
月　つき　**54**・209
月の異名　つき　209
月並みの月　つきなみのつき　54
月の句　つきのく　5・**50**
月の定座　つきのじょうざ　50
月を引き上げる　つきをひきあげる　50
月をこぼす　つきをこぼす　50

付合　つけあい　74・83
付合三変　つけあいさんぺん　75
付け合う　つけあう　2
付味　つけあじ　83
付け方　つけかた　70
付句　つけく　132
付心　つけごころ　83
付所　つけどころ　83・85
出勝　でがち　25
天相の付　てんそうのつけ　79
胴切れ　どうぎれ　37
遠輪廻　とおりんね　109
独吟　どくぎん　25
隣の句との関係　となりのくとのかんけい　74

な行

投げ込みの月　なげこみのつき　55
名残の折　なごりのおり　7
名残りの花　なごりのおりはな　56
匂付　においづけ　80
匂の花　においのはな　56
二季移り　にきうつり　49

遺句　にげく　85
二十韻　にじゅういん　9・20
二十韻（実作例）　にじゅういん　111
人情自他　にんじょうじた　91
人情の句　にんじょうのく　91

は行

俳諧の連歌　はいかいのれんが　3・22
俳言　はいごん　22
芭蕉の言葉　ばしょうのことば　123
花の句　はなのく　5・**56**
花の座　はなのざ　56
花前の句　はなまえのく　58
場の句　ばのく　91
破の段　はのだん　97
はらみ句　はらみく　135
半歌仙　はんかせん　9
非懐紙　ひかいし　13
膝送り　ひざおくり　26
非正花　ひしょうか　57・230
響き　ひびき　80
百韻　ひゃくいん　4・**10**
平句　ひらく　4・66
風雅　ふうが　131
不易流行　ふえきりゅうこう　131
文音　ぶんいん　3
文台　ぶんだい　133
星月夜　ほしづきよ　54
発句　ほっく　4・28・30・66

ま行

松の事　まつのこと　125
向付　むかいづけ　81
物付　ものづけ　76

や行・ら行・わ行

遣句　やりく　82・85
余情付　よじょうづけ　80
四句目　よんくめ　40
輪廻　りんね　89・108
連歌　れんが　22
連句　れんく　2
連衆　れんじゅう　2
脇　わき　4・**32**
脇五体　わきごたい　35

著者略歴

牛木　辰男（うしき　たつお）

1957年新潟県生まれ。新潟大学医学部卒。新潟大学教授（顕微解剖学）を経て、2020年より新潟大学長。著書に『入門組織学』（南江堂）、『ボーニー（人体骨格模型）』（共著、西村書店）、『細胞紳士録』（共著、カラー版岩波新書）、『ミクロにひそむ不思議』（共著、岩波ジュニア新書）、『ずかん ヒトの細胞』（技術評論社）などがある。日本連句協会会員。

ポケット連句

2023年5月20日発行

著　者　　牛木　辰男
発行者　　柳本　和貴
発行所　　株式会社　考古堂書店
〒951-8063　新潟市中央区古町通4－563
電 話　025-229-4058
FAX　025-224-8654
印刷所　　株式会社ウィザップ

ISBN 978-4-87499-006-3 C0192